# BABIOLES
## LITTERAIRES
## &
## CRITIQUES
## EN PROSE ET EN VERS.

*Et parvis quoque rebus inest sua sæpe voluptas.*

TOME IV.

à HAMBOURG
CHEZ JEAN CHARLES BOHN.
1763.

## SUR

# LE HEIMWEH.

J'ignore si le Public possede déja quelque sçavante Dissertation, ou quelque docte Diatribe, sur cette sorte de Maladie, que les Suisses & les Allemands appellent le *Heimweh*. J'ai devant les yeux deux célebres Pathologies, * l'une en bonne prose, & l'autre en beaux vers Latins. Je ne trouve rien en ces deux excellents Ouvrages, qui se rapporte précisement à la maladie en question. Il me sera donc permis de lui consacrer une Babiole, non en qualité de Physicien, mais en qualité de Litterateur critique.

Suivant la Régle, commençons par la Definition du Mal, son nom étant composé de deux mots allemands, qu'un François aisément pourroit prendre pour deux mots grécs. On les trouvera expliqués au bas de cette page. ** Des Medicins donnent au Mal le nom gréc de *Nostalgia*, composé de Νόσος maladie, & d'Ἄλγος tristesse.

Le Heimweh est un désir, inquietant & souvent douloureux, de rétourner dans le Païs natal, ou dans le Domicile qu'on a quitté, & où, à ce qu'on croit, on seroit bien mieux, que là où actuellement on se trouve mal à son aise, sans trop sçavoir pourquoi. Si bien, que le Heimweh est un Mal, qu'on souffre précisement, parce qu'on n'est point en sa Patrie, ou parce qu'on n'est pas chez soi, où l'on voudroit être, soit par raison, soit par caprice.

Sur

* Celle de *Jean François Fernel* en prose, & celle de Mr. *Hebenstreit* en vers: D. *Joan. Ern. Hebenstreiti, Anat. & Chir. in Acad. Lips. Prof. Pathologia Metrica, seu de Morbis Carmen. Lips. 1740. in 8.*

** *Heim*, veut dire au Logis, chez soi, la *Heimaht* signifiant le Domicile. *Weh* ou *Wehe* signifie un Mal ou mo' ou physique.

Sur cette definition exacte, & à l'abri de toute Chicane, je soutiens (à la barbe de tous les Pathologistes ou Nosologistes, circoncis ou baptisés) que le Heimweh est le plus ancien de tous les Maux, le premier qui assaillit la Race humaine.

Adam & Eve, chassés du Paradis terrêstre, naturellement essuyerent tous les tourments & toutes les horreurs du Heimweh. On ne sçauroit s'inscrire en faux, contre cette Assertion, sans se donner manifestêment au Diable. Quiconque, pour avoir le plaisir de me contredire, voudra bien à jamais se damner, ne doit point s'attendre à une Réplique de ma part. Par consequent je tiens pour decidé, dans la Monarchie théologique, aussi bien que dans la République Litteraire, comme quoi le Heimweh fut le premier des Maux de l'Homme & de la Femme.

Je suis trop modeste, pour m'attendre à des Compliments, sur cette decouverte en Pathologie. En revenche je me promets, que du moins toutes les Nations civilisées, qui respectent l'Odyssée d'Homére, avoueront sans peine, que l'Epoux de Penelope & le Pére de Telemaque, *Ulysse* en un mot, doit avoir *furieusement* souffert de cette triste maladie. Je n'en dirai pas au tant du pieux *Enée*. C'étoit un Devot sur les contestations du quel, on ne fera pas la moindre attention, en fait de Physique. Mais quel *Fracastor* * auroit le front de me nier, que l'infortuné *Ovide*, banni de Rome, ne souffrit mort & martyre du terrible Heimweh, dont certes il ne connut point le nom Allemand ou Suisse? En vertu d'une Lettre de cachet, Ovide quitta Rome, pour s'ennuyer parmi des Barbares. Quand sa Femme auroit été assez sotte pour le suivre: quand *Auguste* par pitié lui auroit envoyé son Medecin favori, le Docteur *Antonius Musa*, suivi de Chirurgiens & d'Apo-

* Grand Medecin & bon Poëte latin, Auteur d'un certain Poëme, dont le sujet. . . Dieu l'extermine!

d'Apothicaires: Ovide auroit toujours souffert également. Il falloit au bon Ovide banni, un gracieux Rappel à la Cour;

*Etoit-il de Paris? Non, il étoit de Rome.*

Il résulte, de ce qu'on vient de lire, que le Heimweh est le mal le plus ancien, au quel, en certaines Situations, le plus sage des Hommes, un Ulysse même, peut être sujet.

Graces à la Providence, je ne connois cette infirmité, corporelle ou spirituelle, que sur le pié, ou de la façon, qu'un sage Medecin connoit certaines indispositions peu sages. Comme cependant je me défie volontiers de mes seules lumieres: j'ai fait des recherches, pour deterrer quelque Morceau, capable de donner du poids à ce foible Essai de ma plume. J'ai trouvé ce Morceau desiré, & le Lecteur ne devineroit jamais en quel ouvrage: dans les *Réflexions critiques sur la Poësie & sur la Peinture.* * On y lit le passage suivant: „Comme nous changeons d'air en voyageant, à peu „près comme nous en changerions, si l'air du païs, où „nous vivons, s'alteroit, l'air d'une contrée nous ote „une partie de notre appetit ordinaire, & l'air d'une „autre contrée l'augmente. Un François, refugié en „Hollande, se plaint du moins trois fois par jour, que „sa gayeté & son feu d'esprit l'ont abandonné. ** L'air „natal est un remede pour nous. Cette maladie, qu'on „appelle le *Hemvé* en quelques païs, & qui donne au „malade un violent desir de retourner chez lui, *cum „notos tristis desiderat Hædos. Juvenal. Sat.* XIII. „est un instinct, qui nous avertit, que l'air, où nous nous „trouvons, n'est pas aussi convenable à notre constitu„tion, que celui pour le quel un secret instinct nous fait „soupirer. Le *Hemvé* ne devient une peine de l'esprit, „que



* De M. l'Abbé du Bos T. II. p. 137. Edit. d'Utrecht. 1732.

** Ce François pourroit bien être un fat trois fois par jour.

„que parce qu'il est réellement une peine du corps. Un „air trop different de celui au quel on est habitué, est „une source d'indispositions & de maladies.

*Nonne vides etiam cœli novitate & aquarum*
*Tentari procul a patria quicunque domoque*
*Adveniunt, ideo quia longe discrepat aër.*
*Lucret.* L. VI.

„Cet air, quoique très-sain pour les naturels du païs, „est un poison lent pour certains Etrangers, &c."

Je respecte l'Autorité de M. l'Abbé du *Bos*. Mais je dois néantmoins avertir, qu'il ne s'agit ici que du *Heimweh*, *qui ne devient une peine du corps*, *qu'après avoir été*, *pendant long-tems*, *une peine de l'esprit*. Il n'est pas question, de tous ces maux causés, par le changement de Climats, d'Aliments, de Boissons &c. Il est tout naturel, qu'un tel Malade soupire après l'air, qui, à ce qu'il croit, lui rendroit la santé. En *Amerique*, on voit des Espagnols, des Anglois, des François & même des Françoises, qui, sans être malades, soupirent & non à tort, après le retour en *Europe*, sans aucun desir de revoir *précisement* les Lieux de leur naissance. On auroit tort de croire que ces gens sont tourmentés par le Heimweh. Le Gascon, qui enfermé dans la Bastille, y brûle du desir de se promener, comme autre fois, sur le bord de la Garonne, n'a certes pas tort de soupirer après son air natal: dira-t-on pour cela, que l'amour de la Patrie le travaille à la Bastille? Le Suisse, qui en parfaite santé, bien nourri, bien abreuvé à Paris, sans sçavoir pourquoi, au peril d'être pendu, deserte uniquement pour revoir son Village natal: c'est précisément l'animal infecté au Heimweh, au quel il succombe. Ce n'est point pour changer d'air, de boissons & d'aliments, que le Suisse deserte, par exemple, de *Hunningue*, * & se cache dans la Ville de

* Petite Forteresse françoise, sur le Rhin joliment bâtie, à une petite lieue de Bâle.

de Bâle. Dira-t-on, que c'eſt par libertinage? Ah! ce n'eſt pas le deffaut de la Nation. Je dirois plus tôt, que c'eſt l'Eſprit républicain *inné*, qui, n'importe à quel peril, force le Suiſſe à ſortir de l'Eſclavage, où il s'étoit jetté par imprudence, ou ſuivant l'uſage de ſon païs. Notez en paſſant, que communement on appelle le Heimweh *le Mal du Suiſſe*. On prétend, que c'eſt ſur le Suiſſe qu'il a le plus de pouvoir. C'eſt peut-être un Préjugé. Toujours il fait un honneur infini aux XIII. Cantons. Dès que l'Amour de la liberté régne ſur une Nation entiére, on ne ſçauroit que donner des louanges, mêmes aux petits excès d'un Amour ſi genéreux & ſi ſolide.

Il ſeroit vraiment à ſouhaitter, que le *Heimweh* n'eut jamais que des ſources eſtimables. Par malheur on voit ſouvent le contraire. L'Amour de la Patrie doit ordinairement ſervir de prétexte, à ceux qui ſous un Ciel étranger, fort à leur aiſe, ne laiſſent pas d'y être mal ſatisfaits. L'inquietude, l'inconſtance, le plaiſir du changement, le mécontentement de l'Etat préſent & de la ſituation actuelle; l'eſpérance d'être bien mieux; certains caprices, l'âge, la mauvaiſe humeur; une Avanture facheuſe; un Evénement inopiné; des Bagatelles mépriſables &c. &c le plus ſouvent occaſionnent un Degoût local qui produit enfin un Heimweh inſurmontable. Il n'eſt que moral d'abord; peu à peu, il devient phyſique. Il tuë ſon homme, de la même façon, que le Chagrin tuë un Philoſophe, à la honte de ſa Philoſophie.

Mais ici diſons auſſi un mot de certains Héros, au Heimweh inacceſſibles. On voit des Eſprits, qui nés à la Campagne, & pour la Campagne, abhorrent le Sol natal, & reſpirent un air de Cour, peſtilentiel & pour eux & pour leurs Familles. Ils déperiſſent à vuë d'œil, & ſe ſentent dépérir. Ils confeſſent que l'air de Cour les abîme, & que l'air natal ſeroit pour eux le Baume le plus admirable. Cependant ils ne sçauroient se resoudre à respirer l'air campagnard de leurs bons Ancêtres. Ne faudroit-il pas souhaitter aux Esprits de cette trempe, le Heimweh le plus violent? Sans rire, peut-on voir, par exemple, des François uniquement malheureux, parce qu'ils n'ont point le *mal du Suisse?* Il arrive quelquefois, que la Cour oblige ces Esprits hautains de se retirer doucement sur le Foyer paternel, parmi les Lares, les Dieux domestiques. C'est alors que, comme *Bussy-Rabutin*, ils enragent en leurs propres Domaines. Le Mal horrible, qui les désole alors, c'est un Heimweh diabolique, & d'une toute autre espéce. C'est l'Antipode du Heimweh Suisse. C'est *le Mal qu'on souffre, précisement par ce qu'on est chez soi, malgré soi.*

Il me seroit impossible de traiter, au long, un Sujet si honteux, sans tomber dans la Satyre la plus mordante, & sans offenser mortellement un nombre réspectable de Matadors, sur les quels il faut se taire, ou se retirer en Suisse. On me permettra donc de revenir au premier Heimweh, à celui qui fait honneur à son Malade.

L'Homme de bien, qui pour le Bien public, ou pour le Bien de sa Famille, quitte sa Famille, ou sa Patrie ou son Domicile, merite l'estime & la veneration de tous ceux qui sont instruits des circonstances de cet homme de bien. Il est en plein droit, après une certaine absence de son Foyer, de sentir le pouvoir attractif de ce Foyer. On se lasse bientôt, sur tout à certain âge, d'être long tems *étranger* parmis des Etrangers, lorsqu'on a chez soi des Amis attrayants & des Amies attrayantes. Il faut baffouer le *Diogéne*, qui tiré de son Tonneau, & logé dans une maison riante & commode, regrette les agrements & les commodités de son Tonneau. Il faut compatir au chagrin du galant homme, qui, par devoir éloigné de sa Cabane, la regrette, même à la Cour la plus superbe.

*Se plaire en tout endroit, c'est le devoir du Sage,*

Je

je l'avoüe de bon cœur. Mais ce Sage, sans rougir, ose se plaindre des attaques d'un Heimweh, naturel, & raisonnable, en quelque Endroit heureux, qu' il se trouve comme étranger. Si Jupiter & Mercure eussent amené *Philemon* jusqu' aux Cieux: Philemon auroit été en droit d'y regretter *Baucis* dans la Cabane.

Pour developper tout cela plus clairement, je transcrirai une Rélation en vers irréguliers, faite par un Ecclésiastique, charmé de Vienne, & néantmoins assailli par un Heimweh à Vienne même.

## RELATION
### De l'Etat présent de mon Cœur, à Madame la Baronne d' . . . .

Le Proverbe a raison: l'Absent, dit-il, a tort.
Chez vous, divine . . . ! si l'Absent n'est pas mort,
Si le nom, à syllabe unique,
D'un séc & pâle individu,
Gentilhomme bourgeois, Poëte prosaïque,
Chez vous n'est pas un son perdu:
Ennuyez vous, lisez, en tuant un quart d'heure,
De méchants vers, pour voir où votre bon ami
Travaille, mange, boit, dort, rime, rit & pleure,
Cependant, loin de vous, n'est vivant qu' à demi.

A l'ombre de la Cour, j'habite, en Solitaire,
Un Palais, qu' éléva l'Auguste Douairiere
De ce digne César, qui Joséphe nommé,
Aimoit, malgré ce nom, de même étoit aimé.

Sous le nôm de Saléſiennes, *
En ces ſuperbes Mûrs, des Veſtales chrêtiennes
Ont un Port de Salût, un Azyle ſacré;
L'immortelle Amalie en fut la Fondatrice,
Son Corps, de ſon Cœur ſeparé, †
Répoſe en ce ſaint Edifice.
C'eſt là, pour me ſanctifier,
Que mon Ange-Gardien m'aſſigne une Rétraite,
Où je promets d'édifier
Quiconque voudra bien *viſiter* mon ſquellette.

Ne penſez point, qu'en Loup garou,
Rédoutant le Beau-Sexe, aujourd'huy je me cache.
Le trait ſeroit prudent; mais il ſeroit trop lâche,
Mon ame n'eſt point yvre, & mon cœur n'eſt pas fou.

Ici je tiens des Soliloques,
Si quelque fois l'Eſprit malin
Dans le goût de Saint Auguſtin,
Y fourre des penſers baroques;
C'eſt en quoi Satan n'a pas tort:
S'il ne me tentoit plus, quel ſeroit mon merite?
Je ne ſerois qu'un Hypocrite,
Et je veux être un Eſprit fort.

Vivant chez tant de ſaintes Filles,
Que grace aux Voiles, grace aux Grilles,
On ne peut ni voir, ni toucher:
Probablement je dois apprendre,
Comme on peut avoir le cœur tendre,
Pourtant ne point s'amouracher.

Je

* En France on appelle ces Dames les *Viſitandines*, ou les *Filles de St. Marie de la Viſitation.* St. François de *Salés* fut l'Inſtituteur ou Fondateur de cet Ordre, où de jeunes Demoiſelles, de la premiere Qualité, ſont très-bien élevées.

† Le Cœur de cette pieuſe Imperatrice eſt enterré dans la Ville de Vienne, chez les Capucins, aux pieds de l'Empereur Joſéphe.

Je confeſſe à la Vertu même,
Que je ne chaſſe point le Plaiſir innocent.
Quand on n'inſpire plus l'amour à ce qu'on aime,
Il faut s'en conſoler, par l'amour qu'on reſſent.

D'un Dieu vainqueur, en cette Ecole,
J'ai deux Démons encore à combattre à la fois:
Le Démon des Anglois, O Ciel! il me déſole,
Et le Démon du Suiſſe: il me met aux abois.

Voici, belle . . . . . ! Le remede,
Que je prends à credit, quand le *Spleen* me poſſede: *
Je me peinds votre Cœur, Trône des Qualités;
Je me dis que vous deteſtez
Les Gnômes réchignants, dont je ſuis la victime.
Je les déclare malheureux:
Je me crois, Sylphe au deſſus d'eux,
Un Héros conquérant, puis que j'ai votre Eſtime.

Ma vive Imagination
Terraſſe ainſi le *Spleen*, & finit ce ſupplice.
Il reſte alors le Mal du Suiſſe,
Le *Heimweh*, ce Tyran, par ſon attraction,
Me livre à la torture, &, quand je m'apoſtrophe,
Je ſens que loin de vous on n'eſt plus philoſophe.

Je m'excite à me tourmenter,
Mon Mal me paroit honorable,
Et je me crois Suiſſe excuſable,
D'être reduit à deſerter.

Le déſir violent de revoir ſes Penates,
Rongeoit le tendre Ovide, au païs des Sarmates,
Puis-je ici regretter le Foyer paternel?
Qui ſe deplait à Vienne, a le *Spleen* éternel.

Ce

* Le *Spleen* eſt le Monſtre, qui tourmente toutes les Nations, il n'eſt que l'Anglois, qui l'aye baptiſé, comme le *Heimweh* par les Allemands & les Suiſſes ſe trouve baptiſé.

Ce n'est point l'air natal, d'où partent mes allarmes,
Le Séjour de César est le Séjour des Charmes;
Mais n'y serois-je point le plus vil des ingrats,
Si vivant sans vous voir, mon cœur ne souffroit pas?

Tout fier de sa double Victoire,
De l'Amour & du *Spleen* ce cœur sçait triompher.
Au Heimweh je succombe, & succombe avec gloire,
Ce n'est qu'à vos beaux yeux, que je puis l'étouffer.

Pourquoi, me direz vous peut-être,
Pourquoi, chez des Nonains, s'aller claquemurer?
Le bon Chanoine est mauvais Prêtre,
Hérétique *Ver-vert!* gardez vous de jurer. *

Voisin de ces Réligieuses,
Je réspire un air pur, pour meriter enfin,
Reine des Femmes vertueuses!
La Fortune & l'Honneur d'être votre voisin.

* *Ver-vert* est un Perroquet poëtique, supposé aux Dames Visitandines de *Névers*; c'est le Héros du Poëme *Vertvert*, ouvrage charmant de l'aimable *Gresset*, qui cependant y fait jurer, un peu trop vertement, le Perroquet, voyageur caustique.

DEF-

# DEFFENSES MODESTES
## DE
# BABIOLES LITTERAIRES.

Il eſt triſte pour tout Auteur ſenſé d'avoir beaucoup écrit, ſans avoir deplû à certains Critiques. Leur Silence, pouvant être pris pour une approbation tacite, fait de la peine à l'Ecrivain jaloux de ſa gloire. Si cette remarque eſt juſte: j'ai lieu de me feliciter. J'apprends qu'on m'a fait la grace de cenſurer vivement certaines Babioles litteraires. Il en reſulte, ſelon moi, qu'on m'a fait la grace de lire ces Balivernes, & de les examiner d'un œil critique. Que pourrois-je ſouhaitter d'avantage?

Par malheur l'Uſage exige, qu'un Auteur cenſuré ſe gendarme, & prouve d'abord en forme, que les Cenſeurs de ſes Ouvrages ſont des *Envieux, injuſtes, ignorants & héretiques.*

Je reſpecte l'Uſage, comme il faut reſpecter tous les Tyrans. Ma Conſcience cependant ne veut point que je me flatte, qu'un Etre, non privé du Sens commun, puiſſe m'envier l'honneur d'avoir écrit des Babioles. Je dois confeſſer que ſans être injuſte ou ignorant, on peut me trouver en deffaut; & que ſans être heretique, on oſe me reprocher des mépriſes legéres.

Après ce Préambule, ſans doute ennuyeux & peut-être non neceſſaire, apprenons au Public les Réproches dont on m'honore, & les Réponſes que j'ai à faire, aux quelles je donne, en Philoſophe, le titre de Deffenſes modeſtes.

REPRO-

## REPROCHE I.

Des Dames, très-respectables & très-respectées, me blâment hautement, d'avoir fait l'Apologie d'un Poëte latin, (*Horace* *) Corrupteur de Filles.

## REPONSE.

Je n'ai point loué Horace d'avoir été Corrupteur de Filles. Au contraire, j'ai laissé entrevoir mon doute sur cet article. N'étant point vraisemblable, qu'un Poëte de Cour, homme d'esprit & de jugement, se soit jamais vanté serieusement de courrir après des Grisettes: j'ai fait de *mon mieux*, pour disculper là dessus l'Amant de *Glycére*. Si j'ai eu tort de le louer, pour avoir tant fulminé contre l'Adultére: j'en demande pardon à l'un & l'autre Sexe. Je conviens qu'Horace, en fulminant sur ce ton, n'agissoit point en homme de Cour. J'aurois pû lui reprocher, je l'avoue, l'incongruïté de son Zéle hors de saison, si je m'étois proposé de chicaner Horace, comme j'ai chicané *Despréaux*. Mais dès qu'on s'érige en Apologiste d'un Mortel celebre: l'Usage veut qu'on loue ses fautes les plus reprehensibles. Je pourrois prouver cet Usage, par un millier de Brochures, imprimées en notre Siecle, si juste & si éclairé.

## REPROCHE II.

Les uns me traitent d'Allemand de mauvais goût, pour avoir loué & la Pharsale Espagnole, & la Pharsale Normande. † D'autres debitent, que j'ai été payé, par les Descendants de *Brebeuf*, pour dire en Rimeur soudoyé:

*Il est des tems si durs, si feconds en Fléaux,*
*Qu'il faut lire Brebeuf, au lieu de Despréaux.*

Je

* Babiole premiere, Tome premiere, Page premiere
† v. Babiol. T. I. p. 12.

Je proteste, foi d'Auteur imprimé en Prose & en Vers, que j'ignore même, si la famille de Brebeuf existe encore en Normandie. Je conviens à la honte du Parnasse, que des Poëtes, enrichis par les Muses, vendent de l'Encens, en lâches flagorneurs. Si, en faveur de Lucain ou de Brebeuf, j'ai commis cette infamie exécrable; si du Pégase que je monte, j'ai jamais fait un Bidet de louage; pour ma juste punition, pour une punition à jamais exemplaire:

*Que Bellone m'écroue au sein de ma Patrie!*
*Que Minerve en Public me marque son mépris!*
*Que tous les Vins, pour moi, deviennent vins de Brie,*
*Et que vingt Maraudeurs enlévent mon Iris!*

Après des exécrations, après des imprécations pareilles, j'espére que mes Lecteurs équitables seront persuadés, que je n'ai point une plume mercenaire, gagnée pas les descendants de Lucain ou de Brebeuf. Ce ne sont pas les petits Rimeurs, qu'en nos tems on songe à corrompre.

L'Accusation étant horrible, on me pardonnera d'être diffus, pour montrer mon Innocence. Lorsque j'eu le malheur d'enfanter la Babiole en question, deux Armées ennemies se battirent, précisement sur les Champs, dont j'attendai mon pain quotidien. Voyant tous les Manants ruinés, je lûs dans un accès de Prévoyance, je lûs, pour calmer ma douleur, Lucain & Brebeuf, par un de ces coups de hazard, qui doivent toujours arriver. Peut-on, après cela, prendre mauvais, que je pris une aversion naturelle pour les Guerres civiles, au point de préferer Brebeuf à Despréaux? Un Citoyen Babioliste, qui, sans sa faute, se trouve entre deux Feux, commet aisement un Crime de Leze-Bon-Goût.

## REPROCHE III.

Certains Gentillâtres me traitent de Pédant-Barbouilleur, pour avoir conseillé aux jeunes gens de mettre des *Ecriteaux* aux frontispices de leurs livres.* On prétend que c'est gâter les livres.

## REPONSE.

Je n'ai invité que l'homme de lettres à orner d'Epigraphes certains livres, susceptibles d'un Jugement en peu de lignes. Je serois un Pédant à 24. carats, si j'exigeois d'un jeune homme, qui a 16. Quartiers de barbouiller ses livres. Un jeune Seigneur immortalise assez son nom & son jugement, lors qu'avec la pointe d'un Diamant, il orne d'Epigraphes les vitres des Cabarets & des maisons de poste &c.

## REPROCHE IV.

On me condamne fort, d'avoir chicané l'illustre *Despréaux*, † pour faire ma cour à une Dame. On croit que c'est une Dame *en l'air*.

## REPONSE.

J'ignore si la Marquise, que *Fontenelle* entretint sur la pluralité des Mondes, étoit une Marquise en l'air. J'ignore si la Marquise, que l'aimable *Algarotti* entretint sur le Newtonianisme, étoit une Marquise en l'air. Il ne tient qu'à moi de prouver la réelle existence de la Dame, qui me fit chicaner Despréaux. Pour juger, si j'ai eu tort ou non d'obeïr: il faudroit voir la Dame. Je ne me repens prêsque point de mon obeïssance, quoique j'aye eu le sort de la plus part des Traitres: on ne les aime pas, on n'aime que leurs trahisons. La Dame, dont je parle, aima beaucoup les chicaneries, faites à Despréaux; elle n'aima point le Chicaneur. Sans

* T. I. p. 33.
† T. I. p. 50.

Sans aucune vocation, ſans aucun ordre ſupérieur de quelque Belle, Mr. l'Abbé *Trublet* a declaré fous & doubles fous les Poëtes morts & vivants. Peut-on, après cela, me trouver criminel, d'avoir fait une petite guerre à un Poëte trépaſſé, uniquement pour plaire à la Dame de mes penſées?

## REPROCHE V.

Des Philoſophes *Leibnitziens* me declarent Anti-chrêtien impie, par ce que je n'ai point encore la force de convenir, que je me trouve dans le meilleur de tous les Mondes poſſibles, où tout eſt bien, où tout eſt au mieux même. *

## REPONSE.

Je conjure les Philoſophes Leibnitziens † d'avoir pitié & patience. Qu'ils daignent conſiderer, que je ſerois préciſement l'*Heau-ton-timo-rumenos* de *Terence*, ſi pouvant abjurer le *Peſſimiſme* & embraſſer l'*Optimiſme*, ſans me mentir à moi même, j'étois aſſez ſot pour n'en rien faire, par pure opiniatreté. On a beau ſuppoſer à credit, que je n'ai jamais compris ni *Leibnitz*, ni *Wolf*, ni *Pope*. Je demande, ſi l'on ne ſçauroit être Chrêtien, ſans avoir compris le Syſtême de ces Triumvirs? La pluralité des Mondes, & la multitude poſſible de ces Mondes, dont je n'ai vû que le Globe que j'habite, m'empechent d'affirmer par ſerment, que ce dernier Globe eſt abſolument le meilleur de tous les Globes. Jusques ici je me garderai bien de ſoutenir, que le Createur, malgré ſa toute-puiſſance, ne ſçauroit avoir creé un Monde plus parfait que le nôtre.

On

* v. T. I. p. 97.

† Graces à Mr. de *Voltaire*, on commence déja à nommer ces Philoſophes: *les Candides*. Cela me fait de la peine, je l'avoue volontiers.

On sçait que les circonstances de la vie ont de grandes influences sur les Opinions & les Systêmes des Philosophes. Je m'imagine ainsi, que si ce Monde étoit le meilleur des Mondes, je n'y serois point placé; Dieu m'ayant placé dans le dernier & le plus maigre de dix Cercles, où j'aurois pû naitre, & être néantmoins de la Nation dont je suis.

Je promets au reste de relire tous les Ouvrages de Leibnitz, de Wolf & de Pope, au rétablissement d'une Paix solide & durable. Si cette *precieuse* Paix n'est pas trop precieuse, je deviendrai Philosophe Leibnitzien, & très-zelé même. Je soutiendrai alors, que ce Monde est meilleur des Mondes, & mon Cercle natal le premier & le plus gras de tous les Cercles; *in circulo circulorum vivam.*

## REPROCHE VI.

Certains Argus en Théologie, divulgent malicieusement, que ma Piéce intitulée BERENICE, * est toute pleine de poison & de venin herétique.

## REPONSE.

Je puis me dispenser de répondre à des reproches si vagues, qui positivement n'articulent rien. Sans orgueil & sans vanité, j'ose comparer mes Fanfreluches à ces bonnes Fleurs, qui ont du miel pour les Abeilles, & du venin pour les Araignées. † Dans le Dialogue en vers, par où la Babiole théatrale se finit, j'ai fait parler *Titus* en Payen sensé, & *Berenice* en digne Juive. Je defie les Inquisiteurs à Madrit, à Lisbonne, à Rome, de faire brûler ma Berenice comme herétique. Comme Juive, elle est digne du feu de l'Inquisition.

REPRO-

* T. I. p. 107.

† De peur de passer pour Plagiaire, j'avertis que cette Comparaison n'est pas de mon Crû. Cela n'empeche point qu'elle ne soit belle.

## REPROCHE VII.

Quelle Sottise! *dit-on,* d'avouer, qu'on n'est que Babioliste, & de s'ériger pourtant en Apologiste de tous les Chanoines Auteurs, & de fourrer deux Catalogues * de Chanoines celebres, dans un Recueil de Babioles!

## REPONSE.

Ce Réproche paroit d'abord aussi piquant que bien merité. Il n'est ni l'un ni l'autre; il n'est que spécieux, je pense.

Il est permis au dernier Citoyen de la République des Lettres, de vanter les Etats Generaux de sa République. A Londres, on ne deffend point aux Batelliers sur la Thamise, de faire l'éloge des Archevêques & des Evêques, qui se distinguent dans les Parlements. Par consequent je me crois en droit de faire l'Eloge des Chanoines, qui se sont distingués, dans l'Empire Littéraire. Prévoyant qu'on me chicaneroit sur mon titre de Babioliste, je n'ai pas dit rondement, que j'étois le Fabricateur des Catalogues. J'ai dit, sans fiction & sans menterie, qu' *un Chanoine malade* s'amusa à compiler le Catalogue. Un Babioliste n'est point obligé d'être éternellement voué à des Babioles. Il ose s'élever & sortir de sa Sphére. Le Public en est toujours ravi; & s'indigne lorsqu'il voit que de grands Auteurs deviennent des Babiolistes, sans s'appercevoir de leurs chûtes.

Si j'ai fourré, dans un Recueil de Bagatelles, les Catalogues dont il s'agit: Cela ne s'est pas fait sans deliberation, comme on peut croire. Il s'agissoit de guérir certains Esprits de leurs préventions contre les Chanoines, en publiant un Catalogue de Chanoines celebres dans la République des Lettres. Rien de plus juste. Mais comment parvenir à ce but? En quel Ouvrage important, en quel Journal litteraire inserer ce



* v. T. I. p. 118. T. II. p. 99. & 124.

Catalogue? Les Gens, persuadés que les Gens pourvûs de Chanoinies, sont des Ignorants & des Corps sans'ames, sont eux mêmes des Ignorants, au moins dans l'Histoire Litteraire. Ils se gardent bien d'acheter & de lire des Volumes, où l'on ne parle que de Savants trépassés. L'Ennui, cet Etre si vilain & néantmoins si salutaire, les engage finement à se pourvoir de Livrets à bon prix, & dont les titres n'effrayent personne, & promettent de l'amusement, où de la malice, qui sera toujours la bien venue.

C'est sur cette verité connue, qu'on a fourré deux Catalogues de Chanoines celebres, dans un Recueil de Babioles françoises, en prose & en vers. Rien de plus judicieux.

## REPROCHE VIII.

On trouve fort étrange, de ce qu'ayant élevé presque aux Cieux le celebre Abbé *Trublet*, je n'ai pas laissé de remarquer, que cet Ennemi mortel de toute Poësie, fait éternellement des Vers Alexandrins, en écrivant en prose. *

## REPONSE.

Oui, je revére M. l'Abbé *Trublet*, Chanoine & Archidiacre de St. Malo. Sans me lasser, je lis & relis ses *Essais*; je n'en dis pas tant de ses Panegyriques des Saints. On jureroit qu'ils ne sont pas de sa façon. Mon Estime n'empeche point à ma Vue de trouver des Vers Alexandrins dans la prose de Mr. l'Abbé. Je me fais un plaisir sensible d'apprendre ici au Public, comment ce malheur est arrivé à Mr. l'Archidiacre. Archi-Ennemi des Poëtes & des Poësies, il chocqua naturellement le Dieu de la Poësie. Ce Dieu, vindicatif autant que tous ses Nourrissons, lui souffloit des Vers Alexandrins, dès que cet Archidiacre rebelle se mettoit à écrire.

Qu'on

* v. T. II. p. 15-18.

Qu'on me pardonne ce petit Conte. Un Metromane peut-il s'empecher de donner un coup de dent à un Misometre?

## REPROCHE IX.

On m'apprend que toutes les Devotes se scandalisent, & font le signe de la croix, après l'odieuse Lecture des *Amours* d'*Orose* & d'*Agathe*.* Ces Dames conviennent, *dit-on*, qu'il est très-possible, dans la nature, qu'un Athée tombe amoureux d'une Fille ou d'une Femme devote. Mais qu'il est absolument impossible, qu'une personne, dans la devotion, puisse repondre à la passion d'un Athée, connu pour tel, & par consequent un Monstre.

## REPONSE.

Plût au Ciel qu'il en fut ainsi! L'Histoire de *Vanini*** prouve le contraire. J'ai fait mettre en vers les Amours d'Orose & d'Agathe, en depit des Loix de la confidence, pour apprendre aux Belles devotes, de quoi elles sont capables. Une Femme, qui vit dans les plaisirs du grand Monde, conçoit d'abord une aversion pour tout Athée, & l'envoit promener, parce qu'elle ne pense point à le convertir. La Devote, qui ne travaille qu'à gagner des Ames, doit *pretter l'oreille aux fleurettes de ce Diable*, & s'emparer de son Cœur, pour l'arracher à l'Enfer.

Ma plume est trop foible, pour faire sentir au Lecteur la joye triomphante d'Orose le *Spinosiste*, lorsqu'il remporta la premiere Victoire sur la devotion de sa chere Agathe.

Ma plume est trop foible, pour faire sentir au Lecteur la Grace victorieuse d'Agathe la *Dévote*, lors qu'à



(*) T. II. p. 114.
(**) v. son Article dans le Dict. port. de M. *Ladvocat* Edit. de la Haye.

qu' à sa premiere defaite, elle triompha de l'incrédulité de son cher Orose.

Comme, suivant la Remarque d'un grand Poëte didactique, un Babioliste ouvre quelque fois un Avis important: je supplie les Ministres de certaines Cours, de vouloir bien examiner les *Amours* d'*Orose* & d'*Agathe*, & tout ce que je viens de répondre aux scrupules de quelques Devotes. De cet Examen il resulteroit sans doute la Question:

S'il ne conviendroit point, pour la Propagation de la Foi, d'envoyer aussi aux Infideles des Devotes-Missionaires? Le Christianisme s'en passeroit volontiers, & le Paganisme y trouveroit son compte.

# ARISTOTE CENSURÉ.

Un grand Homme peut lâcher une Sottise, en s'imaginant de proferer un Bon-Mot. Ce malheur est arrivé plus d'une fois au bon Aristote. Quoique Monarque detrôné, il sera toujours digne de certains hommages; & ce n'est qu'avec tout le respect, qui lui est dû, que je le censurerai, sur un prétendu Bon-Mot satirique, contre le quel la Verité s'inscrit en faux.

Aristote s'écrioit souvent, au sujet des Amis & de l'Amitié:

*O mes Amis! il n'est plus d'Amis.*

Sur cette impertinence, aristotelique ou aristotelicienne, je garderois un silence superstitieux, si le Philosophe de Cour malgré le renversement de son Trône, n'avoit toujours des Echos, ou plus-tôt des Perroquets, qui repetent sans cesse le Cri de leur Maitre.

Le Siecle, dans le quel Aristote eut l'honneur équivoque d'être le Pédagogue d'Alexandre le grand, est assez connu. Il seroit donc facile à prouver, que le Chef de la Secte des Peripateticiens, fut injuste envers son Siecle, ingrat envers ses Amis, & son propre detracteur, étant lui même Ami tendre & genereux, tel que l'honnête homme doit l'être. Quelqu'un lui ayant demandé, ce que c'étoit qu'un bon ami, il répondit que c'étoit *une Ame dans deux Corps.* * Cette Definition si noble me console de l'Exclamation extravagante & injurieuse, échappée à Aristote Homme de Cour, & non à Aristote Philosophe. Il eut beaucoup de part dans



(*) Μία ψυχὴ δύο σώμασιν ἐνοικοῦσα. Lib. II. moral. cap. II.

dans les intrigues de la Cour de Philippe & d'Alexandre. Il eut une aimable Concubine, & de cette Belle un Fils, nommé *Nicomachus*, au quel il addressa ses Livres de Morale.

Après cela, il ne faut pas s'étonner, que l'Homme de Cour & l'Amant d'une Catin tombe dans la pensée, qu' *il n'est plus d'Amis*, & qu'il le declare à des gens, qu'il appelle *ses Amis*. Sans doute c'étoient à ses Amis de Cour, à ses Amis de conversation (avec lui pour l'amour de la Belle) que le Sage faisoit une declaration si atrabilaire. Son Cœur, à l'égard de ses vrais amis, n'eut point de part à ce depit mordant de son esprit de Cour & de galanterie. Voilà comme nous sommes injustement bâtis! Dès qu'un Fourbe nous joue un vilain tour: il n'est plus d'honnête Homme. Dès qu'une Coquette nous trahit: il n'est plus de Femelle honnête, dans tout l'Univers.

Il faut pardonner un emportement pareil, dans la bouche d'un Esprit violent, qui dans ses premiers transports soulage sa juste douleur, en lachant un torrent d'invectives, contre tout le Genre humain. C'est là l'énorme sottise, dont le sage *Moliere* a voulu nous corriger, en composant son *Misantrope*.

Mais peut-on pardonner cet Ecart criminel à la plume d'un Philosophe? Lorsqu'aujourd'huy un Philosophe écrit pour le Public, & sur tout pour l'instruction de la Jeunesse: est-il en droit de decrier tout le Genre humain? Ose-t'il detourner les jeunes Gens du soin de se faire des Amis, en protestant qu' *il n'est plus d'amis*? Cette Assertion de tous ses cotés est bien affreuse. Quand elle seroit fondée sur la Verité la plus claire, il faudroit la cacher au Public, dans l'esperance que l'Amitié bannie pourroit être rappellée par des Gens de probité, sensibles à la plus douce de toutes les Harmonies.

Mais quel est le Peuple assez maudit de Dieu, pour que la sainte Amitié chez ce Peuple ne soit plus qu'uqu'une agréable & seduisante Chimére? L'Humanité se revolte, lorsqu'un Sage prétendu s'efforce à semer la Mefiance & Defiance au point de soutenir, qu'il n'est plus de Mortel, digne ou capable de lier & d'entrenir une Amitié solide. En verité le Genre humain seroit trop à plaindre, si j'avois ici le malheur de censurer mal à propos le respectable Aristote.

Pour dire ici nettement la chose comme elle est, ce n'est point à lui, que j'en veux précisement. Ma Critique regarde plus-tôt certains Docteurs modernes, qui, d'après ARISTOTE, font imprimer en des Livres, d'ailleurs judicieux, qu'*il n'est plus d'Amis.* Ce sont ces Ecrivains audacieux, que je voudrois sensiblement pincer dans les joues d'Aristote.

Pour éviter, autant que possible, tout Duel Litteraire, je ne nommerai point les Masques. Au contraire: je les honorerai d'un silence politique, sans aspirer au bonheur d'en faire des Amis. J'abhorrerois toujours le commerce ou la liaison avec un Individu, qui m'auroit dit une fois en face: *Ami! il n'est plus d'Ami!* Que les Moralistes & les Poëtes s'épuisent à faire des Satyres, contre toutes les Cours du Monde: ces Cours n'en deviendront point desertes. Est-il dans l'Europe un Climat, où l'on ne connoisse ces beaux vers de Mr. de *Voltaire:*

Ceux qui sont nés sous un Monarque,
Font *tous semblant* de l'adorer:
Sa Majesté, *qui le remarque,*
Fait *semblant* de les honorer;

Et de cette *fausse monnoye,*
Que le Courtisan donne au Roi;
Et que le Prince lui *renvoye,*
*Chacun vit ne songeant qu'à soi.*

Cependant *cette fausse monnoye* a toujours son ancien cours, & quiconque en est la dupe, est porté en derision à juſte titre. Néantmoins on pourroit demander au Chantre de Bourbon: Si *Mornai* faiſoit *ſemblant* d'adorer *Henri* IV. & ſi Henri IV. faiſoit *ſemblant* d'honorer Mornai? Entre ce Courtiſan & ſon Monarque, la fauſſe monnoye n'eut jamais cours, je penſe. Tranchons le mot: Les Tableaux odieux, que nous avons de nos Cours, ſont ſi ſurchargés, qu'ils deshonoreroient le Genre humain, ſi l'on ne ſçavoit, que les Peintres de ces Tableaux ſont obligés d'outrer l'Hyperbole & la Satyre, pour rencherir ſur leurs Devanciers. A la Cour de Neron, *Lucain* eut raiſon de dire:*

*exeat aula,*
*Qui volet eſſe pius.*

*quittez la Cour,*
*Si vous voulez être juſte.*

En nos tems, graces au Ciel, il n'eſt plus de cours aſſez corrompues, pour qu'on ne puiſſe y demeurer en homme de probité, pourvû qu'on y ſoit ſur ſes gardes. Je veux croire, que *la choſe eſt difficile*, mais ce n'eſt certainement point *la choſe impoſſible*, malgré tous les Morceaux ingénieux, qu'on fait imprimer contre les *Inſectes des Cabinets & des Anti-chambres.*

Faiſons ici une petite remarque en paſſant: C'eſt la Nation françoiſe, qui s'acharne le plus ſur les Courtiſans & ſur les Cours. C'eſt préciſément la Nation françoiſe, qui eſt la plus infatuée des Cours & du metier des Courtiſans! Qu'on me diſpenſe de prouver l'aſſertion; ſi non, je citerai des Brochures & des Gazettes.

Heureux qui n'a point vu le dangereux ſejours
Où la fortune éveille & la haine & l'amour;
Où la vertu modeſte, & toujours pourſuivie
Marche au milieu des cris qu'elle arrache à l'envie &c.

a dit un eminent Poëte françois.

On

* *Phars.* L. VIII. v. 493.

On a vû des ſejours ſi dangereux, ſans courrir le moindre danger. On y a vu des *Mornais*. On y a vu des gens d'honneur cultiver entre eux des amitiés très-*exemplaires*. On y a vu enfin des Philoſophes en droit de s'écrier:

*O mes Amis! il eſt des Amis encore!*

Que ceux qui aiment à ſe plaindre, ſe plaignent de la rareté des Amis veritables. Qu'ils continuent à les comparer aux *Melons, dont il faut eſſayer cinquante, avant que d'en trouver un bon.* Plus on me prouvera la rareté des Amis; plus mes Amis me ſeront chers & precieux. La rareté des Amis n'eſt peut être qu'un Préjugé ancien. Peut-être ne doit-il ſon Origine & ſa perpetuelle exiſtence, qu'à la fine Politique des Fanfarons & des Hypocrites en Amitié. C'eſt ainſi que les bons Medecins ſont extremement rares. Quiconque me convaincroit, que l'Amitié eſt très-rare: me convaincroit en même tems, que peu d'hommes ſont capables de la ſentir, & peu d'hommes dignes de l'inſpirer.

*L'amitié d'un grand homme eſt un préſent des Dieux.*
Oed. Act. I.

a dit M. de *Voltaire*. Que le Ciel le beniſſe, pour avoir fait ce *Vers*, qui tout ſeul vaut un long Poëme! Je connois un *Verſet*, bien plus conſolant encor, puis que les grands Hommes ſont malheureuſement & effectivement ſi rares, que les Dieux n'en ſçauroient être prodigues. Le verſet, dont il s'agit, eſt un Verſet hebreu, que je vais traduire, (ainſi que *Houd. de la Motte* traduiſit Homere) & comme Voltaire traduiſit *Saddi*:)

*Qui s'acquiert un Ami, s'acquiert un vrai Tréſor.*

L'Auteur de ce Verſet * étant un Auteur tout reſpectable; peut-on ne point blâmer le Mortel qui neglige le

* Eclef. C. VI. v. 14.

le devoir de s'acquerir des Trésors? Je sçai que de grands Esprits & de beaux Genies ont le courage de nier, qu'on soit obligé de se faire des Amis. Si je n'étois né chrêtien, je ne pardonnerois point aux Manes du Comte de *Shaftesbury*, l'injuste reproche qu'il fit à la Religion chrêtienne. * „Mylord soutint que la Religion chrêtienne „*parle peu* de quelques *vertus des plus heroïques*, „comme des *Amitiés particulieres*, & de l'Amour de „la Patrie; & que ce sont des vertus *purement volon-„taires dans un Chrêtien*, qu'elles ne sont *pas* une „partie essentielle de sa charité."

Sur cet Article, il ne faut pas faire à cet Ecrivain l'honneur de le refuter. L'Esprit le plus borné doit concevoir aisement, que le Principe de la Bienveillance universelle renferme tous les devoirs de l'Amitié. Que l'Amour du Prochain, tant preché dans la Sainte Ecriture, preche tout naturellement l'Amitié particuliere. Je dois aimer tous les Hommes, comme autant de Freres: Je dois aimer toutes les Femelles, comme autant de Sœurs: c'est l'*Esprit de la Loi*. En faut-il d'avantage?

Supposons pour un moment, que le Comte Anglois n'eut pas le tort qu'il a; & que le Chrêtien par consequent n'est point obligé en conscience d'acquerir des Amis: En resulteroit-il, que le Chrêtien, Citoyen & toujours Membre de quelque Societé, seroit dispensé de cultiver une *Vertu heroique*, qui fait le bonheur de toutes les Societés humaines? Les Devoirs de l'Homme & du Citoyen sont & seront toujours des Devoirs essentiels, quoique la St. Ecriture n'en aye point parlé. Quand je serois tout dispensé d'aimer mon Prochain: je l'aimerois pour le plaisir de l'aimer. „Puisque le „cœur, *a dit un sage Esprit moderne*, ** est de toutes „nos

* V. *Characteristick* T. I. p. 99. & 100. v. encore l'essay sur l'usage de la Raillerie & de l'Enjoument dans les Conversations &c. Traduct. imprim. à la Haye en 1710. p. 77.

** Feu M. *Poully* v. sa Théorie des Sentiments agreables Ch. XVI.

„nos facultés celle d'où partent les mouvements les „plus agréables; le genre de vie qui mérite la préfé„rence sur tous les autres, est celui où les mouvements „de bien-veillance dominent davantage" Il faut donc être bien ennemi de soi même, & posseder un cœur indigne de l'Homme, pour être insensible aux charmes de l'Amitié. „Telle en est la vertu magique, par l'interêt que prennent de parfaits amis à ce qu'il les touche, „leurs biens se multiplient; leurs maux semblent s'anéan„tir, & jusques dans leur tristesse mutuelle, régne une „sorte de douceur qu'ils n'échangeroient pas contre les „plaisirs les plus vifs." * On ne sçauroit mettre trop tôt entre les mains de la jeunesse le Traité de l'Amitié, peut-être le Chef d'œuvre de *Ciceron*. Il y fait voir, quelle est l'excellence de l'Amitié, quel en est le Principe, quelles régles on y doit observer, quelles sortes de gens y sont propres, en un mot tout ce qu'on peut desirer sur ce sujet. Il est vrai que l'Orateur y pousse trop loin les devoirs de cette union delicieuse. Elle ne doit point franchir les bornes qui lui sont préscrites par la Vertu. Ciceron, seduit par un Enthousiasme prosaïque, oublia ses propres principes, en faveur d'une Passion aussi noble, aussi belle & aussi avantageuse pour toute la Race humaine. Mais ô que la faute est pardonnable à un Philosophe, excellent Orateur! On, n'en doit pas moins estimer le Plaidoyé sensé de cet Avocat de la tendre Amitié.

J'ignore si quelqu'un encore lit sans degoût les ouvrages marqués ** au bas de cette page. Remplis de lieux communs & de Verités triviales, ces Livrets ne laissent pas d'avoir leur merite, pour quiconque n'a point lû. Maudissons à jamais l'exécrable & contagieuse

* Théor. des Sentim. agr. Ch. XIV. à la fin.

** Reflex: sur ce qui peut plaire ou deplaire dans le commerce du Monde. Le Caractère d'un veritable & parfait Ami par M. *Portes*, Chanoine de St. Chamond. *Sacy* Traité de l'Amitié.

gieuſe Maxime, que les uns attribuent à *Chilon*, & que d'autres ont miſe dans la bouche de *Bias : de regarder ſes amis, comme pouvant devenir un jour des ennemis.* Ciceron eut raiſon de regarder cette maxime comme le poiſon de l'amitié. Il condamne une defiance ſi odieuſe, comme abſolument incompatible avec les charmes d'une union de cœurs. Que les Politiques, à la bonne heure, ſe conduiſent entre eux, avec la prudence, avec la précaution d'un homme qui prévoit qu'il pourra haïr un jour. Que les Monarques, à la bonne heure, ſe lient entre eux par des Traités d'alliance, avec toutes les précautions d'un Monarque, qui prévoit que ces Traités pourront être rompus un jour. Mais que des Particuliers ne s'aviſent point de fomenter entre eux des defiances ſi honteuſes, ou qu'ils renoncent aux douceurs de l'amitié. L'honnête homme contracte une amitié, comme on contracte un mariage, dans la ferme perſuaſion que la Mort ſeule pourra rompre les contracts de ſon cœur. L'honnête homme eſt toujours en état de dire de ſon ami, ce que St. *Ambroiſe* dit de *Satyrus* ſon frere : *Nous n'avions, mon frere & moi, qu'un eſprit & qu'une volonté : tout étoit entre nous commun, hors le ſecret de nos amis.* Voilà ce qu'on appelle être amis juſqu'aux Autels, *uſque ad Aras ;* toute amitié, non fondée ſur la Probité & ſur des Vertus, n'étant qu'un complot mépriſable.

Examinons, en finiſſant, le ſentiment de ceux qui prétendent, que toutes les amitiés ſont, aumoins par quelque endroit, intereſſées. C'eſt une verité dont il faut convenir, dès qu'on declare, qu'il ne s'agit que des Interêts du cœur bien placé, Interêts vertueux & ſolides, aux quels on ne ſçauroit prodiguer trop de louanges. Lorſque, cheres Amies ! & vous chers Amis !

*En vous aimant, je n'ai que le plaiſir d'aimer,*

vous pouvez, à la rigueur, me dire que cet amour eſt très-intereſſé & très-intereſſant. Mais avouez, que ſans

ce

ce tendre interêt, vous estimeriez peu mon amour ou mon amitié; & que vous seriez en droit de me supposer homme doué d'un cœur très-mercenaire. Au lieu de raisonner d'avantage là dessus rapportons deux Faits singuliers, à l'honneur de l'amitié, purement bâtie sur les interêts du cœur.

Lorsqu'en 1688. „La France par M. *du Quêne* fit „bombarder *Alger;* les assiegés irrités des pertes & des „maux que leur causoient les bombes, dechargerent leur „colere sur les Esclaves François, qu'ils mettoient tout „vivants à la bouche de leurs Canons & les renvoyoient „ainsi par morceaux dans l'Escadre de M. du Quêne. „Un Officier nommé *Choiseul* fut pris & condamné à „subir le sort, qui en avoit déja fait perir tant d'autres: „comme l'execution alloit se faire, le Capitaine Turc „le reconnut; touché du malheur d'une personne qui „lui avoit fait plaisir autrefois, il mit d'abord tout en „usage pour l'en garantir; mais n'ayant pû obtenir sa „grace, & voyant qu'on l'attachoit au Canon, quoi „qu'il eût pû faire ou dire en sa faveur, il courut à „lui en desesperé, l'embrasse étroitement, & s'addres„sant au Canonier, mettez feu, lui dit-il, puisque je „ne puis sauver mon bienfaiteur, je veux mourir avec „lui; le Roi qui fut témoin de ce spectacle, en fut at„tendri & fit grace à l'Officier." *

Je demande, si l'amitié du Capitaine Turc étoit interessée? *Polydore*, dans une grande Compagnie, non sans frémir, entendit calomnier *Damis* son ami intime. Il en prit si vivement la deffence, que les épées furent tirées. On rétablit le calme, à condition que les deux Champions se battroient en Duel le lendemain, à la pointe du jour. On se separa; & Polydore courut chez Damis, pour lui emprunter son épée, sans lui dire pour quoi & contre qui il avoit à se battre. Damis s'offrit soudain

* Mem. du Comte de Forbin à Amst. 2. Vol.

ſoudain à ſervir de ſecond. Ne pouvant obtenir cette grace, il pretta ſon Epée. Polydore ſe battit donc le lendemain, & bleſſa mortellement ſon Adverſaire. Peu de jours après, il renvoya à Damis ſon épée, avec le billet ſuivant:

Cher Ami!

Voici votre Epée de retour. Elle a eu le bonheur de venger mon honneur, & de vous prouver, que je ſuis digne d'être toujours,

Cher Ami!

Votre ſincere & fidele
Serviteur.

JUSTICE

# JUSTICE AUX MUSES!

*Par bonne Politique, on devroit aux Enfants*
*Soigneuſement cacher l'Hiſtoire des Savants,*

a dit quelque part quelqu'un, & n'a pas eu tort de le dire. Tous ces Catalogues de Savants infortunés déshonorent, il eſt vrai, les Grands; mais n'inſpirent point à ces Grands, les ſentiments qu'ils devroient avoir pour les gens de Lettres. Dans un de ſes Entretiens, *Balzac* rapporte, que le Favori d'un Prince étranger, tirant vanité de ſa barbarie, comptoit juſqu'à douze Poëtes, qui l'avoient ſervi, & qui étoient morts de faim à ſon ſervice. Balzac auroit dû nommer ce Prince & ſon infame favori, ou ne point rapporter cette barbarie, contre toute ſorte de vrai-ſemblance. En tout tems on s'eſt plû à decrier les Muſes, & nos Poëtes mêmes s'en font encore un devoir ſacré. Temoin le Sr. *Piron*, qui dans ſa Métromanie Act. III. Sc. VII. s'eſt ſignalé ſur cet Article. * Je ſuis bien éloigné de ne pas trouver cette Scene excellente & digne du Théatre François. Cependant il faut rendre auſſi juſtice aux bonnes Muſes. Il faut apprendre à la Jeuneſſe, que les Filles de Memoire, bien loin d'être fatales ou funeſtes, le plus ſouvent ſont des Deïtés propices.

L'illuſtre *Louis Racine*, ſi celebre par ſon beau Poëme ſur la Religion, eſt l'unique Poëte François, qui,

* Un Fabuliſte, (M. l'Abbé *Aubert*), pour divertir les Sots, aux depens d'une profeſſion qu'il exerce, les a regalé d'un Apologue, v. ſes *Fables nouvelles* L. II. Fab. V. *le Chien d'un Poëte & la Chatte d'un Abbé.*

qui, de nos jours, a pris le parti des Filles du Ciel. En ses sages Reflexions sur la Poësie, il fait voir, contre *Despréaux:*

*Que la Richesse*
*Habite quelquefois sur les bords du Permesse.*

Mr. Racine fait voir, que *Benserade* n'étoit qu'un ingrat, lorsqu'il accusa Pegase d'être

*Ce docte Cheval,*
*De la Richesse Ennemi capital,*
*Qui d'Hélicon fit naitre la fontaine,*
*Tout d'une Traite & presque d'une haleine,*
*Porte souvent son homme à l'hôpital.*

Bien loin d'y porter Benserade, il le conduisit à la Cour de Louis le grand, où Benserade fut long tems le *Poëte à la mode, dans une fortune très-opulente.* Il est étonnant, que M. Racine n'ait point cité à cette occasion les Vers de *Sénecé* sur Benserade; les voici:

*Ce Bel-Esprit eut trois Talents divers,*
*Qui trouveront l'Avénir peu credule:*
*De plaisanter les Grands il ne fit point scrupule,*
*Sans qu'ils le prissent de travers.*
*Il fut vieux & galant, sans être ridicule,*
*Et s'enrichit à composer des vers.*

En nos jours, Pegase porte à la Cour des hommes, qui sans lui, ne mettroient pas les piéds dans l'Anti-Chambre d'un Prince appanagé. Je defie nos Benserades, de nommer un seul Cavalier, porté à l'Hôpital précisement par le bon Pégase; ce Cheval ailé n'est pas béte.

La Ville de Paris vit, il y a quelques années, mourir dans un Hôpital le Poëte *Autreau*, à l'age de 88. ans,

ans, * c'eſt une honte, on l'avoue. Qu'en peut-on inferer? Autreau ſeroit mort, là où il eſt mort, quand même il n'auroit pas ſçû jouer au Corbillon. Si tous les gens de bien deplorent le triſte ſort de ce Vieillard; c'eſt préciſement par ce qu'il étoit Poëte, digne d'une heureuſe deſtinée. Le nombre des Poëtes pauvres eſt prodigieux: proportion gardée, le nombre des Poëtes riches, n'eſt-il point prodigieux de même?

On me dira que le Roi de tous les Poëtes, le divin *Homere*, ** malgré ſon Iliade & ſon Odyſſée, vécut toujours dans une extrême indigence.

Je dirai que le Roi de tous les Sages, le divin *Salomon*, qui prononca trois mille Paraboles, & fit cinq mille Cantiques, vécut toujours en des Richeſſes immenſes.

Il faut être malade, & bien malade même, pour ſoutenir ſerieuſement, que les Muſes appauvriſſent ceux qui les carreſſent. Il eſt tout ſimple & tout naturel, de tomber dans la miſére, lorſque, ſans avoir de quoi ſubſiſter à ſon aiſe, on ſe voue entiérement aux Muſes. Condamnons le Fou, qui pour faire des vers, neglige le ſoin de gagner ſon pain quotidien, & conſultons l'Hiſtoire. Certes elle nous fournira une Legion de Poëtes, appellés par la Providence aux Grandeurs humaines. Il eſt divertiſſant de voir, que des Poëtes, ſur le Parnaſſe engraiſſés, s'épuiſent en traits ſatiriques contre la pauvreté, ſelon eux, Annéxe au Parnaſſe. *Paupertas Poëtarum Hereditas*, la Pauvreté eſt le partage, l'heritage des Poëtes, dit-on, & l'on n'ignore pas que des Poëtes devinrent Papes, Empereurs, Rois, Princes Souverains &c. &c.



* Voy. la page 87. du prem. T. des Babioles.

** *Joſeph Barberius* a écrit un Traité *de Miſeria Poëtarum Græcorum*, que prouve-t'il? Que les Muſes accordent des faveurs mêmes aux Pauvres.

Si quelqu' un me damandoit de quel Siecle je parle; je répondrois nettement: de tous les Siecles.

Quel fut le Particulier du Siecle passé le plus riche, & pourtant le Rimeur le plus pitoyable? Le Cardinal de *Richelieu*. *Racan* avoit 40 ou 50. mille livres de rente. Le Poëte le plus dûr & le plus sec, le Versificatur le plus exécrable, qui avoit été Archer, *Chapelain*, sur le Parnasse François, faisoit la pluye & le beau tems. Il avoit sept mille Livres de rente. *Montmaur*, le Parasite, en avoit cinq mille. Il est vrai, qu'étant tous les deux de la plus crasse avarice, ils vécurent dans la pauvreté la plus dure. En rejettera-t-on la faute sur les Filles de Memoire? *Du Lorens*, miserable Poëte, laissa une riche Succession. Ses Tableaux seuls montoient à 30000. Livres.

*Quinault*, natif de Paris, & fils d'un Boulanger, fut d'abord domestique de *Tristan l'Hermite*, auprès du quel il apprit à faire des vers, & ces vers firent la fortune de ce domestique. Quinault pourvût le Théatre de plusieurs Piéces. Un Marchand, idolâtre de la Comédie, prit Quinault en affection & dans sa maison encore. Le Marchand mourût, & le Poëte fit toutes ses affaires, sans oublier celle d'épouser la Veuve. De cette Femme il eut plus de 40. mille écus de bien. Il achetta une charge d' Auditeur des Comptes, après avoir été reçu de l' Academie françoise. *Despréaux*, très-instruit de tout cela, sur tout cela s' est toujours tû. *Segrais*, ce maigre Traducteur de Virgile, sortit de Caën, & parut à la Cour, grace à sa Muse. Las du grand Monde, il retourna à Caën, & y épousa une riche Héritiere.

*Regnard*, Rival de *Moliere*, fit de grands voyages, & quoique Poëte, il eut de bonnes sommes à sacrifier à sa *Perégrinomanie*. De retour en France, il achetta les Charges de Lieutenant des Eaux & des Forêts & des Chasses de la Foret de *Dourdan*. Il acquit ensuite la Terre de *Grillon*, & ce fut dans cet agréable séjour, qu'il composa la plus part de ses Comédies.

On

On s'étonne, que l'aimable Racine, dans l'Article *sur la Fortune des Poëtes*, a bien voulu passer sous silence bien de choses dignes d'attention. A son deffaut, remarquons que *Moliere* (fils d'un Tapissier peu riche) graces à Thalie, jouissoit de près de trente mille Livres de rente. Que *Déstouches*, Seigneur de *Fort-Oiseau*, de *Vosves* de Vives Eaux &c. Gouverneur de Melun & Membre de l'Académie françoise, n'eut pas lieu de se plaindre de Théatre. *Crébillon*, le Pére *, n'a jamais maudit la bonne Melpoméne.

En verité, pour fermer la bouche aux Detracteurs des Muses, on devroit compiler une Bibliothéque de Poëtes fortunés, dans un ordre alphabétique & chronologique. Le Préjugé se dissiperoit alors peu à peu, & la jeunesse encouragée se distingueroit à l'envi, par une ambition au Public salutaire. A ce propos, rapportons une Anecdote poëtique. *Corsini*, Marquis de *Sismanno*, & Prince de *Soglio*, Poëte Italien, traduisit en vers Italiens les Odes d'*Anacréon*. Les Bigots du Païs, prédirent là dessus mille malédictions à ce Poëte, traducteur de tant d'Odes prophanes. Qu'arriva-t-il? Un Fils de ce Poëte traducteur d'Anacréon, devint Pape, sous le nom de *Clement* XII.

En attendant la Bibliothéque mentionnée, parlons de quelques Favoris des Muses.

*Edmond Waller*, naquit Poëte Anglois, en 1605. d'une riche famille de Buckinghamshire, qui lui laisse 60000. liv. de rente. Lisez son Histoire dans le Dict. hist. & portat. de M. *Ladvocat*, Edition de la Haye, & prennez ces 60000. Livres, non pour des Livres Sterlings, mais pour des Livres Tournois.

*Matthieu Prior* naquit à Londres en 1664. d'un Pére Menuisier, le quel en mourrant le laissa sous la conduite d'un Oncle Cabaretier, qui le fit étudier dans l'Ecole de Westminster. L'Oncle l'obligea en même

 tems

* Il mourut à Paris le 23. de Fevr. 1762. agé de 91. ans.

tems de ſervir au Logis, en garçon de Cabaret, & voulut à toute force lui faire embraſſer ſa profeſſion. Par bonheur, quelques Chalands du Cabaret s'apperçûrent, en raillant le jeune Matthieu, de la vivacité & de la juſteſſe de ſon eſprit & de ſon jugement. Un Comte de *Dorſet*, turlupinant un jour notre Ecolier ſur certain paſſage d'Horace: L'Ecolier ſe deffendit par d'autres paſſages, avec tant de legereté & de malice, que le Comte prit le garçon du cabaret, ſous ſa haute protection, & l'envoya étudier à Cambridge. Prior y fit d'excellentes Etudes. Il s'adonna à la Poëſie angloiſe, & s'acquit des Protecteurs de la premiere qualité. Le Comte de Dorſet produiſit ce fils de menuiſier, ce neveu & eléve d'un Cabaretier, à la Cour. Prior enfin fut fait Secretaire de Plenipotentiaires & d'Ambaſſadeurs. Prior devint Secretaire d'Etat en Irlande. Prior obtint une place dans le Conſeil du Commerce & des Plantations. Prior devint Deputé dans le Parlement. On s'aviſa de compiler un Recueil de ſes Poëſies fugitives, & de l'imprimer à ſon inſçû. Il prit ſur cela le parti de donner une ſeconde Edition de ſes Poëſies, & de les dedier à ſon Protecteur, *Lionel Earl of Dorſet and Middleſex*.

Prior, en ſe déclarant lui même publiquement Poëte, auroit dû ruiner toute ſa Fortune, ſi les Muſes empechoient de parvenir. Prior convainquit le Public du contraire. Il publia ſes *Poëms on ſeveral Occaſions* en 1709. * & en 1711. il fut envoyé en France, en qualité de Plénipotentiaire. Il mourut en 1721. non dans ſa Terre de *Downtſall*, belle acquiſition, dont il étoit redevable aux Muſes, mais caſuellement à *Wimpole* le 18. de Septembre.

*Joſeph Addiſon*, nâquit à *Milſton*, dans le *Wiltshire*, en 1672. non dans une Maiſon extremement illuſtre.

* On en a fait en 1751. une belle Edition, en 2 Vol. in 8. à Glaſcow.

illuſtre. Mais dès ſon enfance, étudia les Anciens. Il s'appliqua aux Belles Lettres, & à la Poëſie latine. La Fortune d'abord fit ſemblant d'ignorer l'exiſtence de ce jeune Poëte. Il étoit naturellement timide, & n'avoit pas une juſte idée de ſa Verve; Cependant à l'âge de 22. ans, il publia hardiment en ſa Langue des Ouvrages qui lui firent honneur. Les connoiſſeurs en jugérent favorablement, & le Lord *Sommers* lui fit avoir de la Cour une penſion de 300. L. St. pour voyager. Avant-que d'entreprendre ſes voyages litteraires, le jeune Addiſon fit imprimer toutes ſes Poëſies latines. * Il ſe diſtingua, à ſon retour, par des Poëſies très-ingénieuſes, & dans un Goût épuré, très-touchantes. La Cour neantmoins oublioit d'employer cet heureux Génie. Addiſon ſe vit dans la 32ieme année de ſon âge, lorſqu'en 1704. deux Lords, *Hallifax* & *Godolphin*, l'engagerent à chanter la glorieuſe Campagne du Duc de Marlborough. Ce Poëme qu'on ne lit plus aujourd'huy, la Campagne d'Höchſtedt, eut un ſuccès merveilleux, & valut à l'Auteur un Poſte diſtingué, dont *Locke* avoit été revetu. D'emplois en emplois, l'illuſtre Addiſon ſe vit enfin Secretaire d'Etat. ** En ce Poſte éclatant, il careſſa toujours les Muſes, ſes Bienfaitrices. Faute de ſanté, il quitta le Sécrétariat, & ne vecut plus que pour le Parnaſſe. Regretté de tous les Gens de bien & de gout, il mourut à *Hollandhouſe* proche de *Kinſington*, le 17. de juin 1719.

*Alexandre Pope*, nâquit à Londres en 1688. d'une ancienne & bonne famille, mais qui n'étoit rien moins que brillante par ſes richeſſes. Elle étoit préſque épuiſée par les doubles Taxes & les Loix pénales, impoſées à tou-



* En 1699. ſous le titre de *Muſæ anglicanæ*.

** Milton s'eſt vû de même Secretaire du Conſeil d'Etat établi par le Parlement. Milton mourût en 1674. & laiſſa une Succeſſion conſiderable à ſes Heritiers. Il étoit bien pauvre, lors qu'il vendit ſon Paradis perdu au Libraire Thompſon.

tes familles de la Religion Cathol. Romaine. Le jeune Pope étoit de cette Communion; & certainement son nom, qui veut dire, *Pape*, ne prévenoit point en sa Faveur, ni le Peuple ni les Grands du Royaume. On diroit poëtiquement, que les Muses choisirent exprès cet Enfant, en des circonstances si disgracieuses, pour opérer un Miracle d'autant plus mémorable, qu'il sera longtems encore sans exemple. L'Enfant étoit bossu & d'un temperament si delicat, qu'on ne pût l'envoyer aux Ecoles publiques. On le fit étudier au Logis, sous d'habiles Maitres, avec un succès si surprennant, qu'à l'âge de 12 ans, il composa en vers une Piéce admirable. A 14. ans, il fit son *Polyphême & Acis*. A 16, il publia des Pastorales, que les Anglois declarérent dignes de Théocrite & de Virgile. Des Productions si belles dans un âge encore si tendre, valûrent à leur Auteur des honneurs & des distinctions, dont autrement on n'est point prodigue à Londres. Malgré sa grande jeunesse, malgré sa Bosse & son *Popery*, Pope fut admis dans les conversations & dans l'amitié du Comte d'*Hallifax*, du Lord *Lansdown*, de *Guill. Trombul*, du Dr. *Garth*, de *Wicherly*, *Walsh*, *Gay*, *Addison*, *Steele*, *Congreve* &c. &c. En un mot, les personnages les plus distingués devinrent à l'envi les compagnons & les Protecteurs d'Alexandre Pope. Les Muses ne lui procurérent point les Emplois lucratifs & honnorables, dont elles pourvûrent Prior & Addison, parce que les Constitutions & les Loix du Royaume s'y opposerent. Le Poëte Catholique Romain, quoiqu'*à gros grains*, ne pouvant être revétu d'aucune Charge, en fut dedommagé par des Richesses considerables, & par une belle & riante Maison de Campagne, à *Twickenham*, où il mourut le 30. de May. v. St. en 1744. à 56. ans. Quand Mr. Racine asseure, que la Traduction de l'Iliade en vers anglois, valut à Pope 200 mille Livres, il faut toujours prendre ces Livres, pour des Livres Tournois.

*Jonathan Swift* nâquit en Irlande en 1667. & mourut en 1745. Passons sous silence tout ce qu'on debite sur sa naissance, & sur son mariage. Contentons nous d'observer, quo ce Poëte, satirique mordant de tous les cotes, en expirant posseda douze mille Livres Sterl. selon les Lettres de son intime Ami, le Comte d'*Orrery à son Fils*. Retournons sur nos pas en France, à l'honneur des Muses françoises.

On cite très-mal à propos le celebre *Rousseau*, pour dégouter les jeunes Gens de la Poësie. * Je conviens, que je ne pense jamais au sort de ce Pindare, sans m'attendrir, même en ce moment encore. Mais enfin consultons son histoire, ou dans la Continuation du Dict. de *Bayle*, ou dans le Dict. de M. *Ladvocat*. Selon ce dernier, le Poëte naquit à Paris en 1669. fils d'un *Cordonnier*, d'autres disent *Savetier*. N'importe, puisque tout le Monde convient de sa basse naissance & de son obscurité, ici extremement notable. Ce ne furent que les Muses, qui l'en tirerent, au beau milieu de Paris. Les Muses le conduisirent, & l'introduisirent en des Maisons, où les plus gros Marchands n'entrent que pour vendre, & pour solliciter après le payement tardif de leurs promptes Marchandises. Le Fils du Cordonnier, graces aux Muses, reçut par tout des accueils si gracieux, qu'il étoit moralement impossible à l'Envie de garder le Silence. Dieu seul sçait au juste, si Rousseau eut l'infamie de composer les monstrueux *Couplets*, sur les quels il fut banni de la France. ** J'ai lû tout ce qui s'est imprimé là dessus. Je n'en



(*) Pour quoi ne cite-t-on pas le celebre *Patru*, pour dégouter les jeunes Gens du metier des Avocats? Patru, reduit à vendre sa Bibliotheque, la conserva, par la generosité du Poëte Boileau Despréaux.

(**) On fait valoir un peu trop la Sentence prononcée contre Rousseau. A Paris même, on se trompe quelque fois. Voyez les Causes celebres recueillies par G. de *Pitaval*. Lisez l'horrible Histoire de le *Brun* T. III. & la Sentence de cet innocent, condamné à être roué tout vif, en 1690.

n'en dirai que le Sentiment de mon Cœur: Rousseau au lit de la mort en 1741. à l'âge de 72. ans, sans aucune esperance de rechapper, & n'ayant que son ame à sauver: avant que de recevoir le viatique, declara sur la perte de son ame, qu'il n'eut jamais la moindre part aux miserables *Couplets* en question. Est-il croyable, que par un faux point d'honneur, un Vieillard, homme d'esprit & de sens, revenu de toutes les sottises humaines, se soit damné à l'agonie, par un Mensonge affreux, sur une question, dont il ne s'agissoit plus? Rousseau fut encore soupçonné d'être l'auteur de l'horrible *Moïsade.* Rien de plus injuste. En 1756. le Hazard me fit trouver, parmi les vieux Papiers d'un Comte de l'Empire, une vieille Lettre, écrite de Paris, du 20. de juillet 1680. au grand Pére de ce Comte. En cette Lettre, il est fait mention d'une „piéce „curieuse & hardie, intitulée, *Moïsade.* On en pro„met une copie, s'il y a moyen d'en avoir, à un prix „raisonnable.„ Or en 1680. Rousseau, né en 1669. n'étoit qu'en sa onziéme année. A cet âge, en France, les Enfants Cath. romains ne lisent guere le vieux Testament. Jugez, si Rousseau, le petit Cordonnier, fit en sa onziéme année, l'abominable Moïsade! *

Rousseau, qui souvent en ses vers se plaignoit des Muses, n'auroit dû se plaindre que de ses Rivaux & de ses Envieux. ** Il ne naquit point pour être heureux. *Si, au lieu de faire des Vers, il n'eut fait que des Souliers, comme Monsieur son Pére,* il se seroit épargné

(*) Rousseau, calomnié avec tant d'impudence, au sujet de la Moïsade, a pû l'être également au sujet des Couplets. Une Calomnie, qui réussit aux Imposteurs, en fait naitre bien d'autres.

(**) L'innocence & le malheur de Rousseau se developpent en divers Ouvrages. Voyez entre autres l'Abeille du Parnasse à Berlin T. VI. 1752. & la Biblior. raison. T. XXVI. sec. Part. p. 342.

épargné des chagrins poëtiques sans contredit. Auroit-il été heureux en sa boutique? Sans les Muses, se seroit-il vû honoré par le Prince *Eugéne*, & par un Empereur même? Avec le Prince Eugéne il se brouilla fortement, pour l'amour du Comte de *Bonneval*, General brave mais plus fou encore. A l'exemple *du Danube, il finit sa Course vagabonde, par n'être même plus chrétien*. Rousseau quitta la Cour de Vienne en étourdi, & revint à Bruxelles, *précisement où il ne falloit plus revenir*. Rousseau, sur la foi de ses Poësies, se rendit à Londres. Il y fut bien reçu de bien de Grands, quoique françois de nation, Catholique romain de religion, & fils d'un Cordonnier de Paris, banni de France, par une Sentence du Parlement. N'entendant point l'Anglois, & ne pouvant se plier assez au Caractère de la Nation, le Poëte parisien se contenta de tirer de Londres, au moyen d'une heureuse soubscription, une bonne somme d'argent, en belles Guinées. Le Poëte parisien s'avisa de placer cette somme, *précisement où il ne falloit point la placer*. Fit-il cette Sottise *decisive*, à l'instigation de quelque Muse? *Clio* n'engagea point l'ancien *sedentem in Telonio*, à confier tout son Bien, acquis par des Odes sacrées, à la Compagnie d'Ostende. Je deplore, je le repete, le destin rigoureux de l'estimable Rousseau. Cependant, considerons sa naissance; sa premiere fortune; ses ressources en son infortune; ses imprudences dans les Païs étrangers & prévenus pour lui: nous nous convaincrons, que les Muses firent beaucoup pour lui, & ne causerent aucune de ses Disgraces. Disons tout: Rousseau, sans les Muses, dans l'obscurité la plus basse, faute de conduite, auroit été malheureux de même, quoique d'une autre façon. Graces aux Muses, le nom de *Rousseau*, fils de Cordonnier, vivra à jamais dans les Fastes litteraires, autant que *St. Crépin* dans la Legende.

Sans

Sans les Muſes, connoitroit-on *Houdard de la Motte?* Il naquit à Paris en 1672. fils d'un Chapelier. *Si au lieu de faire des Vers, il n'eut fait que des Chapeaux, comme Monſieur ſon Pere*, parleroit-on de lui? Loué des uns, blâmé & critiqué des autres, Houdard ſe jetta dans la Trappe. Les Muſes l'en retirérent, le nourrirent & le rendirent immortel, en dépit de tous ſes Adverſaires. On commence même déja à lui rendre juſtice, on oſe le louer.

La Richeſſe de la Matiere exige une Suite.

REMAR-

# REMARQUES DETACHE'ES.

*
* *

J'ai pour *Sophocle*, j'ai pour *Seneque*, j'ai pour *Corneille*, j'ai pour la *Motte*, j'ai pour le Pére *Folard* Jesuite, j'ai enfin pour *Voltaire* tout le respect, qu'il faut avoir, respectivement, pour ces six Auteurs tragiques. Chaqu'un * d'eux a pourvû le Théatre d'un Oedipe. Nul d'eux n'a sçû me delivrer de mon aversion pour ce parricide, Epoux de sa Mére! Je confesse, que l'Oedipe de M. de Voltaire, est la plus belle & la mieux travaillée, de toutes ses excellentes Tragédies. Néantmoins je persiste toujours à abhorrer secrettement Oedipe, & sur tout l'Oedipe de M. de Voltaire. En lisant, en voyant représenter, la Scéne I. du quatriéme Acte, je fais une Reflexion toute simple, toute naturelle, que je mettrai en vers, pour lui donner un tour epigrammatique, de peur de trop choquer les Partisans d'Oedipe. Selon moi, sur tous les Théatres, il devroit ignorer les horribles Prédictions de l'Oracle. Voici ma

REFLE-

(*) Sophocle a mis deux Oedipes sur son Théatre: Oedipe Roi & Oedipe à Colone. La Motte en 1726. donna deux Oedipes, l'une en vers, l'autre en prose. On ne joua que deux fois l'Oedipe en rimes; l'autre ne fut jamais joué, & cent fois bafoué, par ses Lecteurs critiques.

# REFLEXION SUR OEDIPE.

Oedipe, clairement par l'Oracle averti,
Qu'un jour il tueroit ſon Pére,
Et qu'il épouſeroit ſa Mére,
Fût un Monſtre d'audace, un Impie abruti.
Faut-il que j'en donne des preuves?
Oedipe auroit dû, bon Garçon.
Toujours ſe conduire en Poltron,
Envers tous les Vieillards, envers les vieilles Veuves.

* * *

En France, comme ailleurs, *Conſenſus, non Concubitus, facit Matrimonium*, le Conſentement conſtitue le Mariage. En France, le Mariage eſt un *Sacrement*. On l'adminiſtre cependant, ſur tous les Théatres françois, à coups de bâton, au pauvre Sganarelle! *Deſpréaux* fut extrêmement applaudi, lorsque dans une Satire, il rendit le Sacrement du Mariage & ridicule & mépriſable. Le Théatre italien à Paris a ſçû gagner des Sommes conſiderables, en comblant d'infamies le Sacrement d'inſtitution divine.

* * *

Les Indiens ont un Oiſeau bien ſingulier, au quel ils ont donné le nom de *Cencontlatoli*, c'eſt à dire quatre cent langues. Les Anglois le nomment *Mock-Bird*,

*Bird*, Oiseau-Moqueur. * M. *Brisson*, dans son *Ornithologie*. l'appelle *Turdus Mimus*, parce qu'il possede, dans un degré surprennant, le talent de contrefaire le ramage de tous les Oiseaux; depuis le Colibri jusqu' à l'Aigle; il chante sans discontinuation jour & nuit; son ramage est varié à l'infini; il fait entrer dans la composition de ses Airs les chants de tous les Oiseaux, & repete leur ramage, avec tant de justesse & de melodie, qu'on en est également surpris & charmé.

Nous avons actuellement un *Cencontlatoli*, un *Mock-Bird*, un *Turdus-Mimus*, un *Moqueur*, dans la République des Lettres. *Fera-t'il des petits?* Il est vieux & celibataire.

* * *

Des Critiques réprochent à l'illustre M. de *Voltaire*, de s'être servi de Bajonnettes (c'est à dire en son excellente Henriade) long tems avant l'invention de ces Armes meurtrieres, natives de Bajonne. Cet Anachronisme est excusable. Le plus ridicule des Anachronismes se trouve dans l'*Amphytrion* de *Plaute*. Il y fait jurer d'abord *Sosie*, par *Hercule*, même avant la formation de cet Hercule. *Fecit herclé*. Act. I. Sc. I.

* * *

*Suave, mari magno turbantibus æquora ventis,*
*E terra magnum alterius spectare laborem:*
*Non quia vexari quemquam est jucunda voluptas,*
*Sed, quibus ipse malis careas, quia cernere suave est.*

*Lucret.* lib. II.

Dolce

(*) Cet Oiseau a eu l'honneur de fournir une belle & bonne Fable, à Houdard de la Motte.

Dolce è il mirar dal lido
Chi sta per naufragar. Non che ne alletti
Il danno altrui; mà sol perché l'aspetto
D'un mal che non si soffre, è dolce oggetto.

*Metastasio dell' Olimp: Act.* II. *Sc.* V.

Quand on est sur le port à l'abri de l'Orage,
On sent, à voir l'horreur du plus triste naufrage,
Je ne sçai quoi de doux;
Non que mal d'autrui soit un objet qu'on aime,
Mais nous prennons plaisir à voir, que ce mal même
Est éloigné de nous.

*Sentiments de Cleanthe.*

Voilà la raison pourquoi, nous autres petits Particuliers, nous aimons tant les bonnes Tragédies, que les Grands du Monde communement n'aiment guere; & se plaisent tant aux Comédies, où l'on joue les Ridicules des Particuliers seulement. L'interêt du Genre humain n'exigeroit-il pas quelque Extension salutaire?

* * *

En 1752. on vit paroitre à Londres: *A Dissertation on the Antiquity of Seals in England, collected by* *** in 4. avec fig. L'Auteur y prétend prouver, que l'usage des Sceaux n'a eu lieu, en Angleterre, que depuis l'arrivée des Normands. L'Epoque est remarquable, ou satirique.

* * *

On a dit, que l'Héroisme de la Vertu, c'est de bien traiter le Vice. Ne pourroit-on pas dire, dans le même goût, que l'Héroïsme de la Critique est de bien

bien traiter tout bon Ouvrage, defiguré par quelque grand Deffaut? En ce cas, demandons grace pour les *Mœurs*, ouvrage de *Touſſaints*; pour l'*Eſprit*, ouvrage de *Helvetius*. En Allemagne, on a ſçû rendre juſtice à ces deux livres, brûlés en France par la main du Bourreau.

* * *

Aujourd'huy, la Nation la plus propre à écrire l'Hiſtoire du Siecle, c'eſt la Nation Helvétique. Cette Remarque ſi juſte (& ſi triſte pour tant d'autres Nations de l'Europe) fait un honneur infini aux Citoyens des treize Cantons, & à tous leurs Aſſociés enſemble. Il faut eſpérer, que parmi eux de bons Ecrivains feront la même Obſervation, & occuperont leurs plumes en conſequence.

* * *

Certain *Mathanaſius*, obligé par decence d'aſſiſter à un Soupé, où les Convives enjoués chantérent des Chanſons, ſur l'air connu du *Mirliton*, *mirliton*, *mirlitaine &c.* contracta un viſage réfrogné. Par bonheur un Poliſſon s'apperçut de cette face réchignée & *récalcitrante*. Il porta une ample Raſade à ſon Homme, & lui chanta, ſur l'air mentionné, le commencement de la premiere Ode d'*Anacréon*:

Θέλω λέγειν Ἀτρείδας·<br>
Θέλω δὲ Κάδμον ᾄδειν.<br>
Ἁ βάρβιτος δὲ χορδαῖς<br>
Ἔρωτα μοῦνον ἠχεῖ.<br>
Et ſon Mirliton, mirliton, mirlitaine,<br>
Et ſon Mirliton ton-ton.

On ne rapporte cette Anecdote litteraire & bachique, que pour avertir la jeunesse, qu' il n'est pas toujours impossible de dérider le front d'un *Mathanasius.* Celui dont il s' agit, voyant rire toute la Compagnie, rit avec toute la compagnie, sans s' appercevoir qu' on se rioit de lui. En faveur du Beau-Sexe, & de ceux qui n'entendent pas le Grec: donnons une foible traduction du Mirliton anacréontique:

Je voudrois chanter l'Atride,
Je voudrois chanter Cadmus.
Mais de ma Lyre perfide
Les Cordes chantent Venus,
Et son Mirliton, mirliton, mirlitaine,
Et son Mirliton ton-ton.

* * *

Tant que je pourrai prêcher, je prêcherai contre la Superstition litteraire, qui ne veut point qu'on redresse les petites fautes & negligences des Auteurs celébres & trépassés. Il me semble toujours, qu'en corrigeant, non à la façon de *Bentley*, mais en Critique modeste & bien intentionné, un Passage defectueux; on donne, au reste de ce passage, une marque d'estime & d'approbation manifeste. En cette persuasion raisonnée, corrigeons hardiment le plus grand de nos Poëtes Lyriques. *Rousseau*, dans la quatriéme Strophe de son Ode *à une Veuve*, s'est étrangement oublié. Il y dit, à cette Dame, au sujet de son deffunt Epoux:

A sa triste Déstinée,
C'est trop donner des regrets.
Par les Larmes d'une année,
Ses Mânes sont satisfaits.

De

De la celébre Matrône,
Que l'Antiquité nous prône,
N'imitez pas le dégoût,
Ou, *pour l'honneur de Petrône,*
*Imitez la jusqu'au bout.*

Il est inconcévable, comment Rousseau a pû vieillir, sans s'appercevoir de l'impertinence de cette Strophe! Elle a été applaudie en France même. Ce n'est que depuis peu d'années, que l'illustre D. d. N. (si je ne me trompe) malgré son estime pour Rousseau, a bien voulu declarer au Public, combien il condamnoit la fin de cette Strophe insultante.

Il n'est pas précisement necessaire, d'être d'une naissance toute illustre, pour entrer dans le sentiment de l'aimable D. d. N. Il suffit d'être galant homme, pour se ranger de son coté. On n'apprend point, cependant, qu'à Paris quelqu'un s'avise, par charité, de nettoyer (qu'on pardonne l'expression) la sale Strophe, dont il s'agit. Il est certain, qu'en la lavant, on lui ote certain merite piquant & brûtal. . . . Qu'importe? On conjure les jeunes Veuves de favoriser la correction suivante:

*Aux ennuis d'un long veuvage,*
*Se vouer dans le bel âge,*
*C'est insulter votre Epoux.*
*Quoi! pour l'Hymen, le plus sage,*
*Vous donna-t-il des dégoûts?*

* * *

Il ne faut plus admirer *Vaugelas*, d'avoir sacrifié trente ans à la traduction de Quinte-Curce. Il ne faut plus admirer l'illustre *Montesquieu*, d'avoir employé *vingt* ans, à la perfection de son Esprit des Loix.

Il ne faut admirer que le laborieux Citoyen françois qui travailla *vingt* ans à son *Aëdologie*. Cet important Ouvrage, enrichi de Remarques utiles & curieuses, imprimé avec figures, à Paris, en 1751. in 12. de 165 pages, enseigne l'Art de prendre, & de nourrir des Rossignols en cages, & d'en avoir le Chant, pendant toute l'année!

* * *

La Méthode de se former une petite Bibliothéque choisie, par la voye des Emprunts & de l'Oubli de rendre, est extremement commode. C'est dommage, qu'elle gâte si furieusement les Bibliothéques de ceux qui prettent volontiers leurs Livres. Pour remedier à cet inconvenient, les Pretteurs ne devroient jamais pretter un Ouvrage, de plusieurs Tomes ou Volumes, à moins que l'Emprunteur n'enlevât tous ces Volumes à la fois. En s'imposant cette Loi, on s'expose, il est vrai, à voir bientôt diminuer considérablement le nombre de ses Livres. Mais en revenche, on s'épargne le chagrin de voir journellement, en sa Bibliothéque, de bons Ouvrages, vilainement tronqués, par ses Connoissances & par ses Amis mêmes.

* * *

Les Poëtes dramatiques ont beau excuser les Monologues & les *à parté*: ce sont & seront toujours des espéces de Chevilles dans la composition. Ils nous seroient insupportables, si, dès notre enfance, nous n'étions accoutumés à les supporter, mêmes en nos plus belles Tragédies. On m'avouera, si je ne me trompe, que l'Auteur dramatique, qui se passe adroitement de tout Monologue & de tout *à parté*, doit être doué d'un esprit habile en ressources. Je ne connois point de Monologue, au Théatre ancien ou moderne, assez bien imaginé, pour ne point trahir ouvertement l'embaras de l'Auteur, réduit à recourir à ces Stratagêmes poëtiques. Ne seront-ils jamais usés, parce qu'ils sont en usage?

Dès

*

* *

Dès qu'il ſe fait aujourd'huy, à Londres, une Vente publique de Tableaux conſiderables; on ne manque point d'en inſtruire le Public, au moyen d'un bon Catalogue raiſonné. Ces Catalogues, qui ſont honneur à la Nation, Protectrice de tous les Arts, ne ſçauroient être qu'utiles aux Peintres, & avantageux aux Amateurs de la Peinture. Chaque Catalogue indique d'abord le ſujet ou l'objet du Tableau. On en nomme le Peintre. On marque au juſte le prix, pour le quel chaque Tableau a été vendu au plus offrant; & enſuite on nomme la perſonne, à la quelle la Piéce a été vendue. Faire ſimplement mention de ces Catalogues, n'eſt-ce point exhorter tacitement toutes les Nations à imiter ce ſage *Inſtitut pittoresque*? L'Honneur de la Peinture exige, que je remarque encore, que le reſpectable nom de Madame la Ducheſſe de *Portland* brille ſuperieurement en tous ces Catalogues, à Londres très-conſiderés, peu connus dans les autres Capitales du Monde.

*

* *

Les Ennemis de l'Opera italien ne manquent guere de ſe prévaloir de l'Autorité de St. *Evrémond*, de *la Bruyere* & de *Boileau Deſpréaux*. Ces trois Matadors cependant n'ont écrit que contre l'Opera de Paris, Spectacle françois, dont la Morale effectivement meritoit une Cenſure, aſſez forte même. Les Matadors, que je viens de nommer, chanteroient la Palinodie, s'ils revenoient au Monde. Ils conviendroient de bonne foi, & non ſans étonnement, que le Théatre de l'Opera eſt devenu, parmi les Italiens, une Ecole vertueuſe, & pour les Rois les plus grands, & pour les Bergers les plus humbles. Prouvons tout cela dans une Remarque detachée, en citant ſeulement par maniere

 d'aquit,

d'aquit, *IL RE PASTORE.** Je défie le Critique le plus chicaneur, d'y trouver ce qu'on appelle, encore injustement en France: *Morale d'Opera.* L'illustre *Metastasio* est trop connu, pour que je repéte ici son éloge. On ne sçauroit le mieux louer, qu'en rapportant de lui quelque Passage frappant, quelque Coup de Maitre, semblable à celui qu'on va lire. Disons préalablement que le sujet (Argomento) de cet Opera est l'Action heroïque d'Alexandre le Grand, lors qu'ayant delivré d'un Tyran le Royaume de Sidon, Alexandre, loin de le garder pour lui même, le donna à l'unique Réjetton de la Famille royale, à *Abdolonyme*, qui, Jardinier pauvre & inconnu, vivoit du travail de ses mains. Le Poëte, comme de raison, l'a transformé en Berger, & lui a donné le nom d'*Aminta.* Dans la quatrième Scéne, du second Acte, Alexandre demande, au nouveau Roi, encore en habit de Berger:

Per qual cagione,
Resta il Re di Sidone
Ravvolto ancor fra quelle Lane istesse ?
*Am.* Perchè ancor non impresse,
Su quella man che lo solleva al regno,
Del suo grato rispetto un bacio in pegno.
Soffri che prima al piede
Del mio benefattor. . . .
*Ales.* No: dell' amico
Vieni alle braccia: e di rispetto in vece
Rendigli Amore. Esecutor son io
Deï decreti del ciel: tu del contento,
Che in eseguirgli io provo,
Sol mi sei debitor. Per mia mercede
Chiedo la gloria tua.

*Am.*

* Piéce qu'on ne trouve point parmi les autres Piéces imprimées de cet Auteur; & qui ont été traduites à Paris, par M. *Richelet.*

*Am.* Qual gloria o Dei
Io saprò meritar; se fino ad'ora
Una greggia a guidar solo imparai?
*Ales.* *Sarai buon Re; se buon pastor sarai.*
Ama la nuova greggia
Come l'antica: e dell'antica al pari
Te la nuova amerà. Tua dolce cura
Il ricercar per quella
Ombre liete, erbe verdi, acque sincere
Non fù sin'or? Tua dolce cura or sia
E gli agi, & i riposi
Di quest' altra cercar. Vegliar le notti,
I dì sudar per la diletta greggia:
Alle fiere rapaci
Esporti generoso in sua difesa:
Forse è nuovo per te? forse non sai
Le contumaci angelle
Più allettar con la voce,
Che atterrir con la verga? Ah porta in trono,
Porta il bel cor d'Aminta; e amici immi
Come avesti frà boschi, in trono avrai:
*Sarai buon Re, se buon pastor sarai.*
*Am.* Si. Ma in un mar mi veggo
Ignoto, e procelloso. Or se tu parti,
Chi sarà l'astro mio? Da chi consigli
Prender dovrò?
*Ales.* Già questo dubbio solo
Mi promette un gran Re. Del mar che varchi
Tu prevedi (e mi piace)
Già lo scoglio peggior. Darne consiglio
Spesso non sà chi vuole:
Spesso non vuol chi sà. Di fe, di zelo,
Di valor, di virtù, su gli occhi nostri
Fa pompa ogn'un: ma sempre eguale al volto
Ogn'un l'alma non à. Sceglier fra tanti
Chi sappia, è voglia è gran dottrina: e forse
E' la sola d'un Re. Per mano altrui

Ben di Marte, e d'Aſtrea l'opre più belle
Può un Re compir: ma il penetrar gli oſcuri
Naſcondigli d'un cor; diſtinguer chiara
La verità frà le menzogne oppreſſa;
E' la grande, al Re ſolo opra commeſſa.
*Am.* Ma d'onde un ſi grand lume
Può ſperare un Paſtor?
*Ales.* Dal Ciel che illuſtra
Quei che ſceglie a regnar. Nebbie d'affetti
Se dal tuo cor tu ſollevar non laſci
A turbarti il ſeren; tutto vedrai.
*Sarai buon Re, ſe buon paſtor ſarai.*

SUITE

# SUITE DE LA JUSTICE AUX MUSES.

Sans l'interêt sacré des Muses, j'aurois gardé un silence discret, sur la naissance de *Prior*, de *Rousseau* & de la *Motte*. Avocat du Pinde, j'ai fait mon devoir, en citant ces Contemporains celébres, que les Pierides tirérent du Néant; produisirent dans les premieres cours; & firent vivre parmi des Princes & des Gens de la plus haute extraction. L'Honneur du Parnasse exige encore ici d'autres révélations genéalogiques. Je sçai que les Poëtes, qui tâchent d'imiter *Horace*, & d'obeir à ses Préceptes, ne pensent point comme Horace. Il faisoit gloire d'être petit-fils d'un Affranchi. Il parle, en fils honnête homme, de son Pére honnête Homme. * Il l'auroit choisi pour son Pére, s'il eut eu le choix d'un Pére. C'est en quoi Horace est absolument inimitable, pour bien de Poëtes vivants. Le sage *Houdard de la Motte* sçavoit quel bon parti on doit tirer d'une basse naissance. Il a dit à *Rousseau*:

On ne se choisit point son Pére.
Par un réproche populaire,
Le Sage n'est point abbattu;
Oui, quoique le Vulgaire en pense,
Rousseau! *la plus vile naissance*
*Donne du lustre à la Vertu.*

 Cette

* Quoique Sergent ou collecteur de Tailles. *Voiture*, quoique fils d'un Marchand de Vin en gros, rougissoit toujours de sa naissance, sur la quelle on le railloit, parce qu'il ne bûvoit que de l'eau.

Cette Strophe m'authorise à nommer un François, dont la naissance est plus basse, plus vile, & plus obscure, que celle de Rousseau. Celui dont je parle, nâquit dans le lieu le plus triste, inaccessible à la joye & à la bonne humeur, mais non aux Belles du Permesse. Elles le régardérent favorablement, dans la sombre demeure paternelle. Elles sçûrent l'en arracher; & ornérent son Esprit, sous une constellation toute heureuse. Les prémieres productions poëtiques, du jeune inconnu, lui procurérent la Connoissance & l'Estime d'une Personne toute puissante. Sans les Muses, se seroit-il jamais approché d'elle? Mr. le ... (je ne veux point le nommer: je laisserai son nom en blanc, le Lecteur remplira ce blanc si bon lui semble.) Mr. le ... protegé par le Beau-Sexe, & par des Matadors dans l'Eglise, embrasse l'Etat ecclésiastique; parût à la Cour; se vit sur le point d'être l'un des Quarante immortels; & fut pourvû d'un bon Benefice. Il fit un Voyage dans un Royaume voisin. Il y fut très-bien reçu par tous les Grands, malgré son extraction *odieuse*. Il écrivit de bonnes & de mauvaises Satyres, contre les Habitans de ce Royaume voisin. Sur quoi dans un autre Royaume, on lui offrit une Place honorable dans un Lycée, & une Pension considérable. Il refusa la Pension & la Place, pour cultiver les Muses en sa Patrie. Selon certains Memoires imprimés, & très-connus, Mr. le .... à diverses reprises fit des tentatives, pour se rendre malheureux: Jamais il n'y sçut parvenir. Qu'on dise, après cela, qu'en France, les Muses ne sont que d'impuissantes Sybilles! Sans me vanter, j'ai naturellement une aversion honnête, de faire de la peine, à qui que ce soit. Ainsi je ne fournirai point au Public un *Catalogue de Poëtes parvénus en notre Siecle.* Mais si les Misometres continuent à blasphémer; & que les Metromanes parvénus continuent à se taire: Je declare, que je publierai, en faveur du Parnasse, des *Factums* en Prose, avec des Notes genéalogiques & historiques.

En at-

En attendant, que j'aye ici le plaisir d'asseurer qu'en Italie, Pégase n'est pas le Chéval, qui mene à l'Hôpital, les Cavaliers qui le montent. L'Italie seroit étrangément à plaindre, si *Pegase* étoit le Chéval *Sejan*, funeste à tous ses Maitres. * Peu d'Italiens cultivent les Belles-Lettres, sans sacrifier aux Muses de la Poësie. En Italie, on voit des Gens, d'ailleurs sans Lettres, se distinguer par des morceaux poëtiques, & par des Sonnets mêmes, si difficiles à faire, selon *Balzac & Despréaux.* En Italie, on voit ce qu'on ne voit point dans le reste de l'Europe. On voit en Italie des Poëtes, qui sur tout sujet proposé, sur le champ font des *improvisa ou des improvisata*, c'est à dire des inpromptus en vers. Je suis bien éloigné de faire l'Eloge de ces Fabricateurs d'impromptus. Mais je dois faire remarquer, qu'ils crevéroient tous de faim & de misére, si, comme on le prétend, l'indigence étoit inséparable de la Poësie. Le *Signor Carlo Goldoni*, brave Avocat, à Venise quitta le Barreau, pour le Théatre comique. Il s'en trouva le mieux du monde. En Réformateur, il composa plus de cinquante Comédies. Pour son honneur, il auroit bien fait de n'en publier qu'une quinzaine. Mais il sacrifia le Barreau au Théatre, & la Gloire à la Bourse. Il aima mieux se voir Poëte riche, que Poëte judicieux.** Il obtint de la riante Thalie, ce qu'il n'auroit jamais obtenu de la chicaneuse Thémis. Le fameux Marquis *Scipion Maffei*, de naissance illustre, ne se distingua-t-il pas d'abord par sa Muse? Ce fut elle, qui réellement engagea la Ville de Verone, sa Ville natale, à lui eriger, de son vivant, une Statuë. Ce fut la Prose du Marquis, la Prose, qui quelque tems après, fit disparoitre cette Statuë. J'ai vû pleurer les neuf savantes Sœurs, à la demoli-

* Voyez le Dict. de Moreri, Edit. dixiéme.

** Un Peintre, qui aima mieux se voir Peintre riche, que Peintre judicieux, disoit, qu'il valoit mieux que l'Ouvrage fût pauvre, que l'Ouvrier.

molition prosaïque de la Statuë *Maffeienne.* Qu'on me nomme aujourd'huy, en Italie, un Poëte respectable & non respecté! Je nommerois cinquante Poëtes italiens, fort à leur aise, *graces aux Muses*, si une certaine discretion n'arrettoit point ma plume. Il est vrai, que les Chefs de l'Eglise, les Papes n'accordent plus de Couronnes poëtiques aux Enfants d'Apollon. Mais, certes, ce n'est point la faute des Saints Péres. En nos jours, les Poëtes, devenus plus modestes, ne demandent des Lauriers, qu'à la Postérité la plus réculée. Quelque idée qu'on se fasse en nos jours des Couronnes Poëtiques: on doit convenir au moins, qu'elles font un honneur infini à la Poësie, respectée à ce point, par les Papes & par les Empereurs! *Lilio Giraldi* pense que le couronnement des Poëtes n'a pas commencé long-tems avant *Petrarque*, couronné le jour de Pâques 1341. à Rome.

Il seroit à souhaiter, que les Papes & les Empereurs, en nos jours licencieux, decernassent des Couronnes d'Epines & de Ronces, aux Poëtes libertins, & sur tout aux Poëtes impies. Mais la Police est si goutteuse, qu'il lui est impossible de grimper sur le Parnasse. On sçait néantmoins, que le pauvre *Piron*, designé, par une Dame toute puissante, pour être un Membre de l'Academie Françoise, essuya le chagrin de n'y point entrer. Piron, dans le feu de la jeunesse, eut le malheur de composer & de distribuer une Ode *orduriere* au Dieu des Jardins. Cette Ode auroit dû être oubliée depuis long-tems. Point de tout. On s'en resouvint si bien à Paris, que par decence on fit manquer au sale Pindare, le Poste vacant dans la chaste & austére Academie.

Cette chaste & austére Academie souffre cependant, avec toute la tolerance imaginable, qu'un Membre, depuis long-tems reçu, se couvre, à son gré, d'ordures & d'impietés; Piron sale facetieux, ne fut jamais impie. *Cambiamo di discorso.*

La

La Nation angloise oblige ses Rois d'avoir un Poëte de Cour. * J'ignore si l'Etiquette exige, que ce soit un mauvais Poëte. On le diroit, en lisant les Odes annuelles de ces Officiers du Pinde. Quoiqu'il en soit, leur institution me paroit digne de ces braves Anglois, qui, par d'autres motifs, obligérent leurs Rois de jouer, & de perdre à certain jour, certaine somme d'argent; permis aux Rois d'en perdre d'avantage. On est en droit de demander, par quelle raison, la Nation continue à obliger ses Rois d'avoir un Poëte, titré & payé, pour faire si peu de chose? Les Loix angloises, en apparence les plus bizarres, ne laissent pas d'avoir des fondements solides. Les François ont beau se mocquer de ce Poëte du Roi, en titre d'office: Je soutiens que son Institution fait honneur à la Poësie, comme au Bon-Sens des Instituteurs. Il est decidé, que le Peuple, qui pense le plus profondement; qui se distingue le plus dans les Etudes les plus nobles & les plus abstruses: C'est le Peuple Anglois. C'est pourtant le Peuple, qui honore le plus la Poësie ancienne & moderne. Il ne faut donc pas, que la Poësie soit un amusement frivole, ou une debauche de l'Esprit. Ce n'est qu'en Angleterre, qu'on voit de jeunes Seigneurs, & de jeunes *Gentlemens* dans l'opulence rejetter les plaisirs mondains, pour s'adonner à la lecture des anciens Poëtes. Ils n'en lisent pas moins leurs bons Auteurs, & les bons Auteurs de France & d'Italie. Ils seroient charmés d'attirer en leurs Isles fortunées, tous les excellents Poëtes françois &

* M. de *Voltaire* dit, que ce titre, qui paroit ridicule, ne laisse pas de donner *mille Ecus de rente & de beaux Priviléges.* C'est une erreur. Le Poëte de Cour n'a que cent Livr. Sterl. somme, qui faisoit un objet, dans le tems de l'institution de la Charge. L'Abbé *Yart*, sur la foi de M. de V. dit hardiment: „On sçait que le „Poëte laureat est le Poëte du Roi & de la Cour, & que „cette charge donne *mille Ecus de rente* & de *beaux Pri-„viléges*" *V. Idée de la Poësie angloise*, T. I. V. II. p. 53. Ces deux François, si bien instruits, ne disent point en quoi *les beaux Priviléges* consistent. Ils n'en sçavoient rien.

& Italiens. Pour eux ils feroient, ce qu'ils firent pour leur *Glover*. Quoi qu'engagé dans le Commerce, ce jeune homme debuta par un Poëme en neuf chants, par son *Leonidas*, deux fois traduit en François* & très-bien traduit en Allemand. Ce Poëme n'a pas eu le bonheur de plaire à M. l'Abbé *le Blanc*, qui le decrie en ses fameuses Lettres. Selon cet Abbé, le succès étonnant de ce Poëme historique, n'étoit du qu'à la Cabale de certains Seigneurs, à Londres. Prennons ici l'Abbé françois pour un Pape litteraire, Juge absolument infaillible. Supposons, que l'Abbé, écrivant à Londres, & connoissant parfaitement la Carte du Païs, les Grands & leurs intrigues; sans doute le Léonidas doit être, un Ouvrage des plus medïocres. Il faut alors convenir aussi, que les Grands en Angleterre sont des Protecteurs bien genereux & bien illustres. Il faut alors convenir aussi, qu'en Angleterre les Muses sont bien plus puissantes qu'en d'autres Royaumes. Les Muses forcérent quantité de Seigneurs** d'accorder leur connoissance & leur estime à un jeune Courtaud de boutique. Pour avoir publié un volume de mauvais vers non rimés, Glover, petit marchand inconnu, sort de la poussiere; entre dans toutes les bonnes Maisons de la Noblesse; se voit honoré & loué par tout; fait une fortune considerable;*** & épouse, en qualité de Poëte, une jeune, une aimable, une riche Démoiselle, enchantée des beaux Sentiments de ce mauvais Poëte. L'Esprit de Parti peut opérer des prodiges; mais il ne soutient pas long-tems la fausse reputation d'un Poëme sans

* Ceux qui consulteront la traduction, imprimée à la Haye 1739. & liront la préface du Traducteur, decouvriront l'injustice de l'Abbé le Blanc.

** Les Lords Cartéret, Chester-field, Bathurst, Mrs. Pulteney & Windham &c. par exemple.

*** L'Abbé le Blanc asseure, que l'Auteur retira douze mille Livr. Sterl. de son ouvrage V. les Lettres d'un François T. III. L. LXXV. p. 75. Lettre au Duc. de Nivernois.

ſans merite. Leonidas ſe ſoutient; & le nom de *Glover* brillera dans les Faſtes du Siecle, ou le Dieu du Commerce ne l'auroit pas fait recevoir.*

J'ai dit que les Anglois ſeroient charmés d'avoir chez eux les excellents Poëtes françois & italiens. C'eſt une verité, dont ceux qui ont été à Londres, ont été convaincus. Le Marquis *Scipion Maffei* fut tenté plus d'une fois de finir ſes jours en Angleterre. Son Eſprit y conſentit toujours; mais ſon Cœur fut toujours d'un ſentiment contraire. Ainſi l'eſprit fut la dupe du cœur; & le cœur fut enſuite la dupe d'une *Nice ingannatrice*. M. *Rolli*, connoiſſant ſes Talents & le Génie des Anglois, ſe rendit en leur Capitale. Il s'y fit bien-tôt connoitre, eſtimer & chérir. Non ſeulement il gagna l'affection d'un bon nombre de Ducs & de Pairs; mais encore les bonnes graces de l'aimable Prince de Galles. S. A. R. très-contente de M. Rolli, qui avoit traduit en Italien, les ſix premiers Livres du Paradis perdu de *Milton*, encouragea le Poëte traducteur à finir cette belle Carriere. Rolli reçut de Florence divers morceaux du Poëme, traduits par l'Abbé *Salvini*. On les gouta également à Londres. L'Abbé Salvini, Traducteur infatigable, qui avoit traduit le Caton de M. Addiſon, fût invité à venir ſe joindre à Rolli, pour achever l'ouvrage enſemble. L'Abbé ne voulut point quitter ſa chaire de Profeſſeur. Si bien que S. A. Royale engagea royalement Rolli à rendre l'ouvrage complet, en publiant une Traduction des ſix derniers Livres du Poëme en queſtion. Le Poëme charmant,** que l'illuſtre Madame du *Boccage*

* *Pemberton*, homme d'eſprit, de ſçavoir & de goût, a ſçû rendre juſtice à Glover, en publiant: *Obſervations on Poetry, eſpecially the Epic, occaſionned by the late Poëm upon Leonidas.* Lond. 1738.

** Le Paradis terreſtre, Poëme imité de Milton, par Mr. D. B. à Londres 1748. in grand 8. Elle offre ſes chants à Milton, & lui dit:

*Comme un Dieu, pour Tribut, reçois tes propres Biens.*

*cage* a sçû tirer du Paradis perdu, enchante dans la Grande Bretagne tous ceux qui entendent le François. Md. du Boccage a fait un voyage en Italie. Elle a été reçue, à bras ouverts, à Venise, à Verone, à Rome & par tout. Ah! si l'adorable Boccage vouloit bien se montrer à Londres: elle sentiroit la justesse de l'épithéte, que je lui donne du fond de mon cœur.

M. L. *Racine* a traduit en vers françois, quantité de beaux Morceaux de Milton. On debite même, qu'à l'exemple de *Rolli*, il a eu la patience de traduire tout le Poëme. Si M. Racine étoit moins âgé; à Londres il devroit se rendre. A Londres, on lui fourniroit de quoi faire un bon supplement, à son Article sur la Fortune des Poëtes.

Aujourd'huy en Allemagne, * les Muses ne font pas faire fortune à leurs Eleves; il faut bien qu'on dise cette pure & dure verité. Mais de grace, qu'on ne mette point sur le compte des Muses, la disgrace des Poëtes allemands. L'Amour des Langues étrangéres, qui régne dans toutes les Cours, & parmi le Beau-Sexe encore, est la cause unique de cette fatalité toute naturelle, & dans le Nord très-étendue.

Qu'on ne s'imagine pas pour cela, que les Filles du Ciel, dans le Saint Empire Romain, ne sont que de petites filles. J'en sçai d'autres Nouvelles, & j'ai de bons Memoires là dessus. Tirons en quelques morceaux au hazard.

*Hortense de Mauro*, Italien & fils d'un Barbier, Dieu sçait par quelle avanture, vint en Allemagne. Il avoit étudié chez les Jesuites, avec tant de succès, qu'à l'âge de dix-huit ans, il étoit bon Poëte latin. Il apprit le François en Allemagne. Il s'introduisit en de peti-

* *Olim non erat sic.* les Curieux, sur cet article curieux, n'auront qu'à consulter une belle Dissertation de Mr. le Prof. *Bœhm*, à Leipsic, *de insigni favore Maximiliani* I. *Imp. in Poësin.* in 4. 1756. Cette Piéce ne devroit pas se perdre; elle est dans le bon goût.

petites Cours ecclesiastiques, & ne manquoit pas de faire imprimer, à toute occasion, de beaux Vers latins, en se nommant Abbé *Hortense de Mauro*. Si je ne me trompe, ce fut le celebre *Leibnitz*, qui frappé de la beauté de ces vers, produisit l'Abbé Italien à la Cour de l'Electeur d'Hannovre, ensuite Roi d'Angleterre. Ce grand Prince donna d'abord une Pension considérable à l'Abbé Poëte. Dès ce jour, Hortense se voua entiérement au metier. On recevoit de lui, en des feuilles volantes, * des vers latins, ou italiens, ou françois. L'Abbé mangeoit souvent à la table electorale, & chez tous les Grands de la Cour. Avare & comblé de présents par bien d'autres Cours, il mourut âgé, & puissamment riche, pres que aussi riche que Leibnitz même, au quel il survecût.

A propos de Leibnitz: il étoit bon Poëte latin; il faisoit des vers françois assez mediocres; mais qui ne l'empechérent pas d'amasser de bonnes sommes, & d'être universellement estimé, autant qu'il étoit estimable.

A la Cour de Saxe, ** à la Cour de Baviére, à la Cour Palatine, on a vû des Poëtes étrangers vivre & mourir, dans la situation la plus desirable, & dont ils n'étoient redevables qu'aux Muses.

Que les Calomniateurs des Muses se rendent à la Cour imperiale de Vienne. Ils y trouveront un illustre personnage, tout propre à leur faire chanter la Palinodie. M. l'Abbé *Metastasio*, né à Rome, & élevé par le celebre *Gravina*, dès son enfance, marqua une grande disposition à la Poësie italienne. On se garda bien de l'en

* C'est en verité dommage, que les Poësies latines de cet Abbé, sont déja perduës. Un certain Abbé allemand, promit d'en faire imprimer un Recueil, avec dès remarques. L'Abbé mourut sans tenir sa parole.

** A la Cour de Saxe, une Auguste Princesse s'immortalise par des Poësies en langue italienne, & engage d'autres Dames allemandes à suivre, avec succès, un si glorieux Exemple.

l'en detourner, Gravina se fit un devoir de cultiver le Talent de son Eleve, prévoyant qu'il se distingueroit sur le Parnasse. Il s'y est distingué, je pense. A Lisbonne, à Madrid, à Londres, à la Haye, à Paris, en toutes les Cours & dans toutes les grandes Villes de l'Allemagne; à Coppenhague, à Stockholm, à St. Petersbourg, par tout, le nom de *Metastasio* est en honneur; on ne le prononce point, sans l'accompagner de quelque glorieuse Epithête. Mais c'est à Vienne, qu'il faut voir cet Abbé, le plus illustre des Abbés, que jamais Rome ait vû naitre. S'il eut les bonnes Graces de la Cour précedente: de la Cour regnante il a les bonnes Graces encore. Estimé & chéri de tous les Princes & Princesses, des Generaux & des Ministres, recherché dans toutes les grandes Maisons, & respecté par les Envieux de sa fortune & de son merite, Mr. l'Abbé *Pietro Metastasio*, prouve seul tout ce que j'ai à prouver en cet Article.

Le Pain n'est pas le prix de la Poësie, & le Pain n'est pas le prix de la Vertu. Doit-on, pour cela, effrayer la jeunesse, & la detourner de la Vertu & de la Poësie? La fameuse Lettre, que l'illustre M. de *Voltaire*, écrivit à un jeune Savant & Poëte, sur les inconvenients, attachés à la litterature, est très-ingénieusement écrite. * Il avertit son Elève, qu'il marche sur le bord d'un abîme, entre le mépris & la haine. Il l'asseure, qu'en faisant un bon Poëme, une Piéce de Théatre applaudie, qu'en écrivant une Histoire avec succès &c. *Voilà de quoi se rendre malheureux à jamais!* Je laisse au Lecteur le soin de trouver, en cette Lettre, les preuves d'une Proposition si horrible, si épouvantable. Je veux croire, qu'à Paris les Examinateurs des Livres sont des animaux farouches; & qu'il

„est

* On connoit le beau Discours en Vers de M. d. V. sur *l'Egalité des Conditions.* Comment concilier ce discours si consolant, avec cette Lettre, qui rend la Condition des Litterateurs si triste & si humiliante?

„eſt plus difficile à un Auteur d'obtenir un privilége, „qu'à un homme qui n'a point la protection des Fem„mes, d'avoir un emploi dans les Finances.“ En ce cas, il faut imiter M. d. V. il faut faire imprimer à Londres, à Amſterdam, à la Haye, à Dresde, à Genéve. De cette façon le premier inconvenient n'effrayera perſonne, & n'attriſtera que les Libraires en France. Les autres inconvenients ne ſont que de petites miſéres, qu'on ne rencontre qu'à Paris, & que même on peut éviter, puiſque tant d'Auteurs les évitent. Ceux qui n'ont point cette prudence, ou ſi l'on veut, ce bonheur inſigne, ne ſe rendent pas pour cela *malheureux à jamais.* On pourroit nommer à M. d. V. un Perſonnage très-reſpectable, qui fit à Paris, il n'y a que peu d'années, par de *petits* vers, une très *grande* Fortune. Les Muſes en jetterent les fondements; & c'eſt ce qu'il faudroit rapporter, à la gloire des Muſes. M. de V. prétend donc à tort qu'on pourroit mettre ſur la tombe de preſque tous les Gens de Lettres:

Ci git au bord de l'Hippocréne,
Un mortel long-tems abuſé.
Pour vivre pauvre & mepriſé,
Il ſe donna bien de la peine.

Aumoins ce ne ſera pas ſur la Tombe *Voltairienne*, que le Menſonge gravera un quatrain auſſi lamentable. On connoit des Mortels, qui réellement ſeroient morts & pauvres & mépriſés, ſans les Eaux minérales de la bonne Hippocréne. On connoit des Mortelles, qui ſans ces Eaux ſalutaires, ſeroient mortes ignorées ou inconnuës. Quand finirois-je? Si j'avois à nommer les Perſonnes vivantes, qu'on ne connoit & qu'on ne revére, que graces aux Filles de Memoire.

J'ai gardé pour la bonne bouche, un Temoin irreprochable, dont l'Hiſtoire, un jour, donnera bien du poids à cette Babiole legére. C'eſt l'Ecrivain de la *Lettre ſur les Inconvenients attachés à la litterature.* C'eſt M. *de Voltaire* lui même. Il eſt trop galant homme, pour ne point convenir, que malgré quelques amertumes Litteraires, ce n'eſt qu'aux Muſes qu'il doit l'honneur d'avoir joué dans le grand Monde, un Rôle glorieux pour lui & pour ſon Siécle. Ses Bïographes, & il n'en manquera pas, inſtruiront l'Avénir des honneurs, des dignités & des preuves d'eſtime, dont il a été comblé. Je me borne ici à remarquer, que ſuivant ſon choix, ce Roi des Poëtes vivants réſide, ſur ſes vieux jours, en Suiſſe, dans une belle & riante Terre, où il jouit, dit-on, de plus de trente mille Livres de rente; les Gazettes mêmes vantent au Public des Fêtes & les Feſtins qu'il donne à *Tournay*:

JUSTICE AUX MUSES!

# SUITE SUR L'AMOUR PLATONIQUE.*

J'apprends, & non sans un vrai creve-cœur, que ma belle Dissertation sur l'Amour Platonique, n'a point eu l'approbation generale des Connoisseurs & des Connoisseuses. J'ai bien prévu, que par une simple Babiole, je ne deracinerois pas, tout d'un coup, un Préjugé, fomenté par l'illustre *Fontenelle*, & nouvellement fortifié par l'Auteur de *l'Esprit*, par l'ingénieux *Helvetius*.

*Tant d'espoir n'entre point dans l'Esprit raisonnable.* Je me suis flatté seulement, que mes lecteurs sceptiques garderoient un judicieux silence, non par considération pour moi, mais à l'honneur de tout le Genre humain. Voici comment un Esprit fort, en fait d'amours & d'amourettes, s'est expliqué sur cette matiére:

„Il est possible, moralement & physiquement possible, à l'Homme d'honneur, d'aimer une Femme de „bien, *sans le désir secret* de la déshonorer."

„Il est possible, moralement & physiquement, à „la Femme d'honneur, d'aimer un Homme de bien, „sans le *désir secret* d'en être déshonorée." **

„Mais *les désirs* se glissent, *dit-on*, secretement, „& peu à peu, dans les cœurs les mieux reglés, les plus „solides. Au boût du compte, l'Amour metaphysique „perd ainsi les deux premiéres Syllabes, les quatre premiéres Lettres de sa noble Epithéte."

 Je

* Voyez T. III. de ces Bab. p. 35.
** V. Tome III. p. 38.

Je veux croire bonnement, que ces objections sont fondées sur la Nature & sur l'Experience. Je veux même supposer encore, que *ces desirs* en question trouvent souvent quelque entrée dans les cœurs les plus sages & les plus foux, les plus forts & les plus foibles. L'Amour Platonique en sera d'autant plus admirable. Avant que d'en venir aux preuves, qu'on me permette de battre ici la Campagne, en homme de mon metier.

Dans une assez mauvaise Brochure, j'ai lû les vers suivants, qui sont mal faits & bien pensés:

Un Auteur inconnu, mais homme de bon-sens,
Compare aux gros Joueurs le Gros des Courtisans;
Ils sentent le péril, & rien ne les arrête,
N'ayant, *dit cet Auteur*, que leur Fortune en tête,
Ils souffrent constamment cent revers odieux,
Risquant tout ce que l'Homme a de plus précieux,
Jusqu'à ce que trompés de toutes les maniéres,
Ils découvrent de l'Art les dangereux mystéres;
Es dès-lors, à leur tour, habiles Compagnons,
De dupes, qu'ils étoient, ils deviennent fripons.

Ces Vers, quels qu'ils soient, contre toutes les Cours, & contre tous les Courtisans, m'inspirent tant d'horreur, que j'ose dire:

„Il est possible, moralement & physiquement possible à l'Homme de probité, de se metre à la Cour, „*sans le desir secret* d'y devenir fripon. Mais *ce desir* „se glisse secretement & peu à peu, dans le cœur le „mieux reglé, le plus solide. Au bout du compte, la „Probité se relache, se dément, & devient Manigance „de Cour.“

A l'a-

A l'âge de dix ans, j'appris par cœur le quatrain ſuivant, qui ne doit ſa pointe qu'à un double ſens:

A la Cour, où le plus habile
　N'a pas toujours un grand bonheur,
La Charge la plus difficile,
　Eſt celle de Fille d'Honneur.

Ce quatrain, quel qu'il ſoit, contre toutes les Cours & contre toutes les Dames de Cour, m'inſpire tant d'horreur, que j'oſe dire:

„Il eſt poſſible, moralement & phyſiquement poſ- „ſible à une Fille, à une Femme vertueuſe, de ſe met- „tre à la Cour, *ſans le deſir ſecret* d'y perdre la Vertu. „Mais le *deſir* ſe gliſſe ſecretement peu à peu, dans le „cœur le mieux reglé, le plus ſolide. Au bout du „compte, la Vertu ſe relache, ſe dément & devient „Intrigue d'amour.“

Que ces Frondeurs de l'Amour metaphyſique ne me provoquent point à prouver la Théſe, par une Myriade d'Exemples anciens & modernes. J'aimerois mieux compiler un Catalogue de Perſonnages vertueux, qui, dans les Cours les plus corrompues, firent briller leurs vertus & leur probité, à la gloire de l'un & l'autre Sexe. Qu'on ne craigne point, ſur cet article, mon incapacité ou ma pareſſe, puiſque j'ai eu le plaiſir de fournir au Public deux Catalogues * de Chanoines, celebres dans la République des Lettres.

Je provoque mes Antagoniſtes à prouver leur Théſe odieuſe, par des Exemples dignes d'être rapportés. Je dis dignes d'être rapportés, non pour terminer artiſtement ma phraſe. J'exige, que, pour me confondre, on me cite des *Héros & des Heroïnes*, qui abandonne-



* Voyez de ces Babiol. T. II. p. 118-135. T. II. p. 99-113. p. 124-143.

donnérent le Temple de *Venus Uranie*, pour faire de Sacrifices, dans le Temple de *Venus Aphrodite*.

Pour montrer que je suis beau Joueur, je citerai *Abélard* & *Heloïse*. Ce couple celebre merite d'être cité, je l'avoue. *Pierre Abélard*, ou *Abaillard*, excellent Orateur & mauvais Metaphysicien, dans le Temple de Venus Aphrodite, entraina très-physiquement son adorable Heloïse! Mais n'en fut-il point severement puni? Il en fut cruellement puni, je pense; & par qui? Par un Chanoine de Paris,* Oncle de la tendre Heloïse.

Oublions Heloïse avec son cher Abélard. Parlons du brave Comte d'*Essex*. Du haut de son Trône Anglois, il fit soupirer l'immortelle *Elisabeth*, pour faire ensemble leur devotion, dans le Temple de la céleste Uranie. O que ce couple, malgré son inégalité, y fut heureux, pendant un tems considerable! Quelle plume est assez forte pour donner une juste idée d'une felicité si parfaite! Il est vrai, *qu'au bout du compte*, Essex y perdit la tête, sur un Echaffaut. Qu'en resulte-t-il? Que l'Amour Platonique n'est point inaccessible au Démon de la Jalousie. Naturellement dans un cœur vertueux, la Jalousie doit être plus furieuse, que dans un cœur corrompu par le vice.

Si la Reine *Elisabeth* eut été capable de faire la Demarche, que la Reine *Christine*, de Suede, fit, soit en Fille forte ou en Fille foible: Si la fiere Elisabeth eut quitté le Trône des Anglois, pour se jetter, à Rome, aux piés de *Sixte* V, je serois tout dispensé de faire l'Eloge de l'Amour Platonique. Sixte-quint, lançoit ses foudres de papier contre l'angelique Elisabeth, & metaphysiquement adoroit cette Majesté adorable. La majestueuse Elisabeth, répondoit en papiers foudroyants, & metaphysiquement estimoit ce fin Pontife à ses yeux estima-

* Ce Chanoine s'appelloit *Fulbert*. Au pauvre Abélard, il fit enlever les moyens de gâter d'autres Filles. Cependant je n'ai pas voulu insérer son nom, en mon Catalogue de Chanoines celebres.

estimables. Le Pape trouvoit que la Reine étoit un grand Roi. La Reine trouvoit que le Pape étoit un habile Meneur de Monarques. Quelles dispositions pour former une Union metaphysique! Sixte auroit pû voir Elisabeth, sans aucun desir indigne de la Thiare. Elisabeth auroit vû Sixte, sans aucun desir indigne de la Couronne. La Calomnie même n'auroit pas été assez impudente, assez effrontée, pour former le moindre soupçon injurieux à une Passion si heroïque.

Quand *Henri IV.* pour la belle *Gabrielle d'Etrées,* n'auroit eu que la passion la plus pure & la plus innocente: Le Public n'en auroit rien crû. Henri auroit eu beau jurer, sur *sa foi de Gentilhomme,* que sa chere Gabrielle. . . Tarare, on auroit pris le serment de ce brave Prince, pour un serment de Cour. Henri étoit Roi. Le Monde connoit trop les Rois, pour s'imaginer, qu'ils filent long tems le parfait Amour, en Amants Philosophes. Ajoutons, que le bon Henri n'étoit pas trop en odeur de chasteté. Belles! qui lisez ce Passage, daignez l'honorer de quelques petites Réfléxions.

Vous sçavez la grande Régle, qu'*il faut sauver les apparences.* Cette régle ne souffre pas la moindre exception. Elle vous interdit, par consequent, tout commerce de cœur, avec les Têtes couronnées, avec les Princes souvérains. Vous ne sçauriez, avec eux, vous lïer d'une amitié bien étroite, sans exposer votre Réputation à tous les traits de l'envieuse Medisance, & de la medisante Envie.

Egalement il vous est interdit tout commerce de cœur, avec l'Homme le plus digne d'en avoir, dès que cet Homme de bien passe, dans le beau Monde, pour Amateur du Beau-Sexe. Par un Euphémisme très-impertinent, on donne aux jeunes Libertins, comme aux vieux Debauchés, la noble Qualité d'*Amateur du Beau-Sexe.*

*Sexe.* Quel abus! quelle honte! quel desordre dans les moeurs! *

Je pardonne à un *Grand Veneur*, de me faire l'éloge de son Monarque, en m'asseurant qu'il est grand Amateur de la Chasse. Je me rirois de ce Veneur, s'il m'asseuroit ensuite, que son Prince étoit grand *Amateur des Bêtes fauves.* Peut-on être amateur de Créatures, qu'on immole inhumainement à ses plaisirs brûtaux?

La Prudence m'impose ici un silence odieux. Sans quoi je prouverois en forme, que les jeunes Libertins & les vieux Debauchés (sans comparaison quelconque) aiment les belles Femelles, comme les Chasseurs aiment les Bêtes fauves. Reprennons vite le fil de la Babiole.

Qu'est-ce que l'Amour Platonique? C'est l'Amitié la plus haute & la plus tendre, fondée sur la Vertu, & bornée par la Justice, entre deux personnes d'un Sexe different.

Definir cet Amour: n'est-ce pas déjà faire son éloge? Cet amour est fondé sur la Vertu & borné par la Justice. C'est à dire, qu'il ne sçauroit subsister, entre deux Personnes, non vertueuses, non justes, non équitables. Il en faut dire tout autant de l'Amitié, entre deux personnes du même Sexe. Mais quelque delicieuse que cette amitié puisse être: approche-t-elle de celle qui régne entre un Mâle & une Femelle, dont l'Amour metaphysique a fait un Couple solidement uni? Pour en juger sainement, il faut avoir goûté l'un & l'autre Bonheur. C'est une verité, qu'on ne me contestera point, je pense. Qu'en résulte-t-il? Que tous ceux, qui nient l'existence réelle de l'Amour Platonique, ne sçauroient être ses Juges competants.

A la

* Les Hommes qui ont des moeurs, sont les vrais adorateurs des femmes, dit judicieusement I. I. *Rousseau* en son *Emile* T. III. p. 296. Edit. de Leipsick. 1762. Je suis pourtant bien aise, de n'avoir point été elevé par M. R. Quel *Mentor* extravagant, tantôt sage, tantôt abominable!

A la Cour de Vienne, un Etranger, à la table d'un Amateur du Jardinage, vanta beaucoup les Neffles sans Noyaux. On se mocqua de l'Etranger; on le prit hardiment pour un debiteur de Contes. L'Etranger picqué, au mois de Decembre de la même année, reparut à la même table, & reprit l'éloge des Neffles sans Noyaux. L'Hôte, Cultivateur de tous les Arbres fruitiers, perdit patience pour le coup, & nia effrontement l'existence possible de Neffles sans Noyaux. L'Etranger inclina humblement sa tête; mit ses deux mains en ses deux poches; & en tira une belle douzaine de Neffles sans Noyaux. *

L'Homme, qui sur la table de son Hôte incredule, rangea les douze *Neffles sans Noyaux*, est encore homme à produire des *Amours sans Desirs*, à la confusion des Philosophes, qui doutent de l'existence possible d'une Passion aussi belle.

Supposons, je le veux bien, qu'en certains moments *Socrate* auprès d'*Aspasie*, & *Platon* auprès d'*Archéanasse*, n'échapperent point à la fragilité humaine. Supposons que plus d'une fois Socrate se soit dit; que ne suis-je l'Epoux d'Aspasie! l'Homme n'est pas toujours le maître de toutes les impulsions du cœur. Mais quel Misantrope a jamais soutenu, que chaque mouvement naturel est d'abord un *désir* formel? que chaque appetit, degénere en *Concupiscence?* Il m'est impossible de fermer toutes les petites portes de mon foible Cœur, à tous les desirs amenés par la Nature. Il me suffit de sçavoir chasser de mon cœur, tous les desirs vicieux, entrés furtive-

* Aux Amateurs de l'Art de la *Quintinie*, apprennons que ces Neffies sans Noyaux doivent leur existence à la sagacité de feu son Exc. *Benoit* Baron d'*Alefeld*, Seigneur de *Jersbeck*. Non loin de *Hambourg*, cette belle Terre est fameuse par son superbe Jardin. Les Neffliers y subsistent encore, à la gloire de ce Baron d'*Alefeld*, Vieillard adorable, dont la Memoire fait un honneur infini à toute la Noblesse Allemande.

tivement en ce cœur, place ouverte, & qui n'a des Remparts que pour la Promenade.

Nos chers Théologiens nous asseurent, que nous avons dans nous mêmes une Corruption naturelle, qui l'Ecriture appelle *Concupiscence*, & qui nous porte toujours contre la Loi de Dieu. „ Toute la Vertu du „ Chrêtien consiste à combattre & à diminuer peu à peu „ la Concupiscence. „ *

Si ces Théologiens disent la verité, comme il n'est pas permis d'en douter: j'ai gagné mon Procès, en depit de toutes les Chicaneries philosophiques. Qu'on remplisse à credit le Cœur de Socrate, de la Concupiscence la plus libidineuse: Il a sçû combattre & étouffer son Hydre en Hercule Philosophe. L'Amour Platonique est donc triomphant; & je t'en rends grace, O céleste Venus Uranie!

La céleste Venus Uranie m'inspire ici, & m'ordonne d'avertir, en faveur de l'un & l'autre Sexe, que toutes les Armes, & celles de la Vertu par consequent, sont journalieres. J'en avertis non en qualité de Moraliste d'une delicatesse timorée. J'ai l'honneur d'être le Chantre & le Panégyriste de l'Amour Platonique, à l'honneur de toute la Race humaine, & conformement à nos interêts reciproques. Je dois précisement en cette bonne vuë, laisser le Monde dans l'opinion, que du Temple de Venus Uranie, jusqu'au Temple de Venus Aphrodite, il n'y a qu'un Pas glissant à faire.

Peutê-tre que cette opinion ne doit sa naissance qu'à la saine politique des Disciples de Platon. Sans doute, pour se faire admirer dans la Gréce entiére, ils publiérent, que sans la plus fine fleur de la haute Philosophie, l'Amant le plus passionné se desespére enfin dans le Temple de Venus Uranie. Sans doute les Amantes metaphysiciennes, à leur tour, chantérent sur le même

* S. *Ciran Théol*, Leçon 12. Je dois ce trait d'Erudition, au Dict. de *Richelet*, article *Concupiscence*.

ne ton. Il est même à croire, qu'elles rencherirent sur les Fanfaronades de leurs *Celadons*. N'entrons point dans un détail pédantesque & vetilleux. Remarquons plus tôt que parmi les Brutes mêmes, Uranie se plait à regner, pendant l'absence de sa Rivale physique. Ecoutons l'*Arioste*:

*Tutti gli altri animai, che sono in terra,*
*O che vivon quieti e stanno in pace;*
*O si vengon a rissa e si fan guerra,*
*A la femina il maschio non la face.*
*L' Orsa con l' orso al bosco sicura erra,*
*La Leonessa appresso il Leon giace.*
*Con Lupo vive il Lupa sicura,*
*Ne la Giuvenza ha del Torel paura.*

*Ariosto* Canto V.

Lisons, pour l'interêt de nos Cœurs, lisons l'Histoire de *Pétrarque*. Ce Poëte, né Poëte & Jurisconsulte fait malgré lui, à l'âge de 22 ans (notez Philosophes * Aristotéliciens! notez cet âge) dans la ville d'*Avignon*, vit la belle *Laure*; en tomba metaphysiquement amoureux, & l'adora metaphysiquement tant qu'il plût au juste Ciel de laisser jouïr Avignon de la felicité d'admirer Laure. Elle n'avoit que quinze ans accomplis, lors qu'elle fit cette illustre conquête. Elle lui doit son immortalité si glorieuse. Voyez Belles! ce que c'est, que d'être l'Amante d'un Philosophe-Poëte!

Pétrar-

* Aristote, ce grand Philosophe, & Auteur, premier Auteur d'une Poëtique, ne frequentoit point le Temple de Venus Uranie! En celui d'Aphrodite, il desservoit une Chapelle.

Pétrarque, jusqu'à l'extinction, chanta l'Objet de ses tendres amours, * & avec tant de discretion, que tous les Furets de la litterature Italienne ignorent encore la qualité & le nom de Famille de leur incomparable Laure.

Laure étoit issue d'une Famille illustre & d'ancienne Noblesse, puisque Laure étoit Membre d'une Academie, établie à Avignon, sous le nom de *Corte d'Amore*. On n'y recevoit que des personnes de la première qualité, & d'un grand Sçavoir. En cette Academie, formée sur celle de *Marseille*, on ne traitoit que les Matières relatives à l'Amour metaphysique. Sur ces matières, on raffinoit, pour porter cet Amour jusqu'au plus haut degré de l'imagination la plus ultramontaine, & dans le goût des Espagnols.

Laure, selon toutes les apparences, étoit mariée. Il est vrai, qu'en ses tendres Sonnets, Pétrarque ne sonne mot ni du mariage ni du mari de la Belle. Mais en quel Art Poëtique est il écrit, que les Poëtes doivent éterniser & leurs Maitresses, & les Epoux de leurs Maitresses?

*Petrarque, en soupirant ses vers & ses amours,*

naturellement se seroit fait un devoir sacré, d'invoquer, de tems en tems, le Dieu de l'Hymenée, si la Souveraine de son cœur eut été en état de recevoir sa main. Il garda sur cet article un modeste silence; Il accepta des Benefices ecclésiastiques; devint Chanoine de Parme & de Padoue, sans prendre l'ordre de Prêtrise Il se menagea le moyen de convertir un jour la liaison platonique, en union conjugale. N'étoit-ce point convaincre Laure, qu'on se flattoit de lui sacrifier enfin & les riches Chanoinies & tous les Benefices de l'Eglise?

Cessons

* En Italie, des Vieillards mêmes recitent encore en extase ses trois *Canzoni* sur les yeux. On ne se lasse point d'admirer ces trois piéces, que par excellence on appelle: *Canzoni sorelli.*

Cessons d'affliger le Lecteur. Apprennons lui, en confidence, qu'une Laure moderne, dont j'ignore absolument le nom & les qualités, m'a fait un honneur, auquel, certes, je ne m'attendois guère. Cette Belle inconnue, daignant me prendre pour un Docteur & Professeur en Amour Platonique, me fit consulter sur cette passion. Sur le point d'élever à la dignité d'Amant, certain Ami de cœur, la Dame conçut des scrupules. Elle desira d'apprendre de moi même:

S'il étoit éppossible à l'honnête homme d'aimer tendrement une Femme, sans la moindre intention de la déshonorer? Si la Femme, sans une énorme injustice, ose se defier de la probité & de la sagesse de son Amant?

Sensible à l'honneur d'une telle confiance, je me fis une gloire d'envoyer promptement à la chere Inconnue, ma consultation signée & datée. Comme elle pourroit donner quelque Lumière à d'autres Inconnuës, non encore assez instruites, publions ici notre

## CONSULTATION
### métaphysique.

Tout honnéte Homme est incapable,
Belle Iris! de vous adorer,
Dans le dessein abominable
De vouloir vous déshonorer.

Mais l'honnête Homme est pourtant homme;
L'Amour est traitre & fin Tyran:
Prennez donc garde au dernier Tome
De votre dangereux Roman.

Sans bleſſer les Loix de l'Eſtime,
Oui, vous oſez vous defier
Du tendre Amant, que tout anime
Au doux Panchant de s'oublier.

Croyez, que la Vertu l'exhorte
A conſerver tout ſon reſpect.
Sçachez que la Nature eſt forte,
En certains tems, à votre aſpect.

Le Ciel, en vous formant ſi belle,
Iris! vous forma pour charmer.
A vos devoirs toujours fidelle,
Soyez amante, oſez aimer.

Envain l'Amour métaphyſique
Aux Mondains paroit monſtrueux.
Sçait-on, ſans l'Amour Platonique,
Si nos cœurs ſont bien vertueux?

# SUR L'EGLOGUE.

Qu'est ce que l'Eglogue? A cette question les Savants répondent communement de la maniére suivante: Ἐκλόγη, en Gréc, signifoit autrefois, *disent-ils*, un Recueil de *Piéces choisies*, dans quelque genre que ce fût. On a jugé à propos, ensuite, de donner ce nom aux petits Poëmes sur la vie champêtre, recueillis dans un même Volume.

Aujourd'huy l'Eglogue n'est plus un Volume de petits Poëmes. Consultez *Richelet*. Il vous apprendra en son Dictionnaire, que l'Eglogue est *un Poëme, qui représente un Sujet champêtre, ou un sujet au quel on en donne le caractére. Sa matiére sont les amours des Bergers*. Disons nettement tout court, qu'aujourd'huy les Eglogues sont des Idylles, & les Idylles sont des Eglogues. Malgré une legére Difference, entre elles peu remarquable, elles constituent réellement, ce qu'on appelle *la Poësie pastorale*. *

Il ne me tombera jamais dans l'esprit, de vouloir décrier cette Poësie, toute charmante, pour quiconque a le bonheur de la goûter. Je serois charmé, qu'en notre Siécle, si meurtrier, nos bons Esprits Campagnards devinssent tous autant de *Théocrites*, & de *Virgiles*. Ce *Phénoméne poëtique* feroit un honneur infini à notre cinquante huitiéme Siécle (depuis la création du Monde.) La Posterité infailliblement admireroit la Resigna-

* L'Abbé *Genest* a écrit un excellent *Traité de la Poësie pastorale*, où le caractére de l'Eglogue & de l'Idylle est très-bien représenté. Comme on n'a point adopté le goût de cet Academicien, il est bon d'offrir quelque autre goût, aux Amateurs de cette Poësie. Le celebre *Pope* est encore à consulter sur ce genre.

Resignation philosophique de nos Campagnards desolés, & plus desolés que le *Melibée* de Virgile.

Néantmoins j'ose supposer, que sans souffrir une grande perte, la Poësie pastorale, toute riche de ses Idylles, pourroit fort bien se passer de l'Eglogue. Si les Pastres-Poëtes n'y consentent point: permettons à l'Eglogue de chanter ou de représenter des Sujets champêtres, mais dignes d'elle, s'entend. Toutes les minucies de la Campagne ne sçauroient lui convenir; elle n'en seroit qu'avilie. Annoblissons l'Eglogue, en élargissant ses bornes trop étroites. L'Age d'or, cet âge admirable, commence à ne plus nous interésser. Nous n'en avons plus qu'une idée, à la quelle *il faut se preter*. Les Bergers du celébre *Fontenelle*, nous choquent, par ce que ce sont tous des Bergers pleins d'esprit, et d'un esprit non naturel. Si l'Eglogue est un Poëme, qui représente un sujet champêtre; il me semble, que tous les Héros champêtres, qui valent des Bergers & leurs Bergeres, devroient avoir l'entrée libre dans l'Eglogue. „Il s'en faut bien, *dit M. de Fontenelle,* * que des Laboureurs, des Moissonneurs, des „Vignerons, des Chasseurs soient des personnages aussi „convenables à des Eglogues, que des Bergers; nouvelle preuve, *ajoute-t-il,* que l'agrement de l'Eglogue „n'est pas attaché aux choses rustiques, mais à ce qu'il y „a de tranquile dans la vie de la Campagne.„

Appuyé sur l'autorité de Fontenelle, j'ose soutenir, que toutes les Personnes, qui vivent *tranquilement* à la Campagne, & sont, de toutes les façons, bien au dessus des Laboureurs, des Moissonneurs, des Vignerons, des Chasseurs, des Pêcheurs, des Bergers mêmes, *sont très-convenables aux Eglogues.* On auroit beau m'objecter, que les Bergers sont en possession des Eglogues, je répondrois, que Fontenelle même nous permet de les

* Discours sur la nature de l'Eglogue, p. 161. T. VI. de ses Oeuv. Edit. de Paris 1708.

les en déposséder. „Il n'appartient point aux Bergers, „*dit-il*, de parler de toutes sortes de matiéres, & quand „on veut s'élever, il est permis de prendre d'autres „personnages.„ Tant qu'il s'agira de moutons & de brebis, de chévres & de chevraux, les Poëtes Bucoliques feront bien de s'en tenir à leurs Bergers, à leurs Pastres. Mais la tranquilité de *nos* sages Campagnards, & la multitude de *nos* beautés champêtres, fournissent tant de sujets delicieux à *nos* Poëtes Philosophes, qu'ils auroient tort de ramper toujours en Copistes sur les traces des Anciens. Sur cet article, il est permis, sans doute, d'imiter les Physiciens modernes.

M. L'Abbé *Batteux*, * grand Protecteur des Bergers, remarque judicieusement, qu',,un Scelerat, un ,,fourbe insigne, un assassin seroit deplacé dans une ,,Eglogue.„ Rien de plus constant. Mais cette remarque, assez superflue, laisse clairement entrevoir, que M. Batteux, sans y penser, approuve l'entrée de tous les Campagnards, gens de bien, dans la Poësie pastorale. Les Scelerats, les Fourbes & les Assassins n'y furent jamais si bien admis, je pense, qu'il étoit necessaire de publier leur bannissement perpetuel.

Sans chercher d'autres autorités encore, présentons au Lecteur, quelques Plans d'Eglogues, dans un goût, conforme à nos mœurs, à nos usages & à nos amusements modernes.

Je commencerai par une Eglogue, dont le sujet seroit, par exemple: *Le Jardinage moderne.*

Supposons ici, deux jeunes & aimables Campagnards & voisins, qui, dans les confins de leurs petits Domaines, assis sur une riante Colline, de loin y considérent les beautés differentes de leurs Jardins bien differement cultivés.



* Cours de Bell. Lettr. T. I. p. LVII. Ed. de Leide.

Pour ne pas trop effaroucher d'abord les Partiſans de l'Eglogue ancienne, donnons à ces Campagnards-voiſins des noms poëtiques. Que l'un s'appelle donc *Alcidor* & l'autre *Timante*. Ils ſont tous deux grands Jardiniers; & quoique jeunes encore, ils ont fait de belles Decouvertes. Alcidor ſe diſtingue en Jardinier *fleuriſte*. *Timante* en Jardinier *botaniſte*. Le premier eſt amoureux d'une belle Voiſine, Brunette vive & piquante. Le ſecond eſt amoureux d'une belle Voiſine, Blonde douce & toute gracieux.

Or je demande à tous les Connoiſſeurs, ſi le Plan, qu'on vient de voir, repugne à la nature de l'Eglogue? Il ne m'eſt pas trop permis de vanter ce Canevas de ma façon: je l'offre néantmoins ici à quiconque voudra bien le broder. Je m'imagine d'avoir mis en ce Plan beaucoup de Conformités, & certains *petits Contraſtes*. Je ſçai que les Contraſtes, pour être devenus trop communs, ſont devenus preſque inſipides. Cependant on auroit tort de les bannir entiérement de toute Eglógue. Ajoutons, que chaque difference de goûts ne forme pas d'abord un Contraſte réel. Alcidor & Timante ſont l'un & l'autre Jardiniers. Voilà une Conformité, qui les aſſocie naturellement, & qui fournit un beau ſujet champêtre. Si l'un eſt fleuriſte & l'autre botaniſte, par prédilection; il n'en reſulte point une oppoſition de Caractéres. La diverſité de ces prédilections eſt encore toute ſimple, toute naturelle, & nullement frappante. Elle fournit ſeulement l'occaſion d'inſinuer, combien le Botaniſte l'emporte ſur le Fleuriſte. Ce dernier ne travaille que pour les plaiſirs de la vue & de l'odorat des Amateurs des Fleurs. Le premier travaille pour la conſervation & pour la ſanté du Genre humain ſans doute.

J'abuſerois de la patience du Lecteur, ſi je gâtois du papier, pour excuſer les goûts différents de mes deux perſonnages amoureux, l'un d'une Brune, l'autre d'une ne Blonde. Ne faut-il pas se conformer aux Préjugés dominants de son Siécle? Une Idylle moderne, une Eglogue moderne, sans tendresse, sans amour! O! que la Piéce paroitroit fade, aux yeux de certains Vieillards mêmes. Ils sont en droit de me citer ce fameux vers de Fontenelle:

*Le Sage tant qu'il vit est en prise à l'Amour.*

Le Poëte Bucolique françois, ne seroit donc pas trop prudent, s'il ne se soumettoit point à l'usage de n'employer que des personnages amoureux.

Voici un autre Plan d'Eglogues. Supposons ici deux Campagnards voisins, également aimables, & qui s'estiment mutuellement, mais depuis long tems ne se voyent plus, parce qu'ils ont le malheur d'être Rivaux, & Amants d'une Coquette fieffée. L'un s'appelle *Polemon*, l'autre *Ergaste*. Ils sont tous deux Newtoniens ou Newtonistes. Ce n'est que par rapport aux Cométes, & par rapport à leurs retours précis, (matiére pour un Dialogue) qu'ils eurent des sentiments divers; tant il est vrai, que Newton, ou Neuton, n'est pas encore *mis à la portée de tout le Monde*.

Cependant une Cométe, suivant la prédiction des Newtonistes, retourne & reparoit. La Cométe merite d'être exactement observée, par tous les Astronômes munis de Teléscopes divers. Polemon & Ergaste oublient aussitôt qu'ils sont rivaux & jaloux l'un de l'autre. Sur une petite hauteur, espéce de Mont, ils se donnent des Rendez-vous. Non pour s'y disputer la Belle, dont ils sont éperdûment épris; mais pour observer ensemble la Cométe de retour.

Les deux Campagnards, Astronômes Rivaux, n'ont rien moins que l'air de l'être. Au sommet du Tertre élevé, ils s'entrecommuniquent leurs observations; raisonnent en consequence, & renouent leur ancienne amitié, pour cultiver l'Astronomie ensemble. Mutuellement ils se desil-

desillent les yeux, sur le Cœur double de la Coquette, aux depens de la quelle, ils se font reciproquement des confidences, qui dissipent jusqu'au moindre reste de leur fatale rivalité.

Or je demande encore à tous les Connoisseurs, si le Plan, qu'on vient de voir, repugne à la nature de l'Eglogue? Tout le beau Spectacle de la Nature convient à ce charmant Poëme. C'est à quoi Fontenelle ne pensa pas, lors qu'il conçut le dessein d'écrire des *Entretiens sur la pluralité des Mondes.* C'est à quoi *Algarotti* ne pensa pas, lorsqu'il régala le Beau-Sexe de son *Newtonianisme pour les Dames.* Quel dommage, que le celebre Abbé *Nollet* n'est pas aussi grand Poëte, qu'il est grand Physicien! Si le *Spectacle de la Nature*, Ouvrage compilé par l'Abbé *Pluche*, a été generalement fort gouté; c'est principalement, par ce que le Compilateur judicieux a *pris le Style de Dialogue.* „Quant à la forme de l'ouvrage, *dit-il* „*dans la Préface*, nous avons essayé d'en écarter la „tristesse; & au lieu d'un discours suivi, ou d'un en„chainement de *dissertations, qui aménent souvent* „*le dégoût & l'ennui, nous avons pris le Style de* „*Dialogue*, qui est de tous le plus naturel, & le plus „propre à attacher toutes sortes de Lecteurs.„

Il est donc tout évident, que les bons Poëtes rendroient de grands services, à la jeunesse & au Beau-Sexe, si dans le Style de l'Eglogue, ils traitoient des sujets de Physique. Ces sujets incontestablement sont champêtres, au moins pour ceux qui à la Campagne s'appliquent à certaines parties de la Physique.

Les Beaux-Arts, qu'on exerce aujourd'huy à la Campagne, au moins dans quelques bonnes Maisons, conviennent également à l'Eglogue.

Un Chantre ingénieux, qui, sur le bord de quelque *Vaucluse*, enseigneroit à sa tendre *Amarillis*, l'Art de de composer des Idylles ou des Elegies: ne choiseroit-il point un sujet champêtre, tout digne de plus d'une Eglogue?

Un Peintre habile, qui, dans quelque Bosquet riant enseigneroit à sa tendre *Isméne*, l'Art de peindre en mignature: ne choiseroit-il point un sujet champêtre, tout digne de plus d'une Eglogue?

J'en ai trop dit, pour en dire encore quelque chose. Dans l'espoir d'égayer l'esprit du Lecteur, je lui présenterai une Eglogue, dans un gout, si non assez platonicien, aumoins assez enjoué, pour n'y point regretter des Brébis & des Chévres, à ce que j'espére.

## EGLOGUE.

Aminte Poëte. Palemon Peintre.

*Aminte.*

Vous peignez donc toujours, & vous peignez des Belles:
Veuille le juste Ciel vous rendre content d'elles!
Gardez vous, Palemon! en vos tristes Réveries,
De perdre vos Couleurs, comme je perds mes Vers.
Hélas! j'eu beau chanter: la plus tendre Elégie
Ne me valût jamais un Baiser de Silvie! *

*Palemon.*

Triste conformité de notre injuste Sort!
Aminte, votre Plume & mes Pinceaux ont tort
De fournir au Beau-Sexe, à credit, des Ouvrages,
Qu'il devroit ou payer, ou nous donner des Gages.
Hélas! pour vingt Portraits, péniblement tirés,
Qu'ai-je pû récevoir? des Eloges outrés,

 Des

(*) J'aurois repondu à ce vers, par un vers de Martial:
*Quæ nondum data sunt, stulte, negata putas?*

Des Parfums imposteurs, qui, pour ma recompense,
Permettoient de fonder, un jour, quelque esperance.
On sçait pourtant, on sçait, que pour un tendre Cœur,
Le plus mauvais Présent, c'est bien l'Espoir trompeur.
La Belle, que je peinds, tacitement contracte
Quelle Dette envers moi! son Portrait est un Pacte,
Sur le Carton vivant en couleurs exprimé,
Ainsi qu'au cœur du Peintre il se trouve imprimé.

*Aminte.*

Sans contredit. L'Amour, Auteur de la Peinture,
Donne un droit sur le Corps, dont on peint la figure.
Partez de ce Principe, & jugez de mes Droits,
Sur celle que je peinds, que je chante à la fois;
La Laure, dont je suis le Pétrarque fidelle,
Plait à l'Europe entiére, & devient immortelle.

*Palemon.*

Dieu des Arts, quels honneurs! Mais quelle est la Beauté,
Qui demande au Poëte une immortalité?
De ses Charmes vainqueurs toute Femme enchantée,
Aime à se voir bien peinte, au lieu d'être chantée.

*Aminte.*

Toute Femme, en ce goût, peut bientôt se pourvoir
D'un Peintre, à grand marché, qu'on appelle Miroir.*

*Palemon.*

Ne nous querellons point. Toute Femme est coquette,
Tout bon Poëte est Peintre, & bon Peintre est Poëte.
Nos Arts n'ont qu'un Principe, & sur lui le Bon-Sens
Exige que le Sexe accepte notre encens;
Que la Belle, en Prodigue, & couronne & contente
Le Peintre qui la peint, le Chantre qui la chante.

*Amin-*

(*) Le Miroir est quelque chose de plus que bon Peintre. C'est selon Martial: *Consilium formæ*, le Conseiller des graces.

*Aminte.*

Unissons donc nos cris, rédoublons nos clameurs,
Contre le Sexe ingrat, avare de Faveurs.
Pour lui faire abjurer son hèrésie atroce,
Peigner, dans un Tableau, cette Reine d'Ecosse,*
Qui, trouvant son Poëte, en plein jour endormi,
L'honora d'un Baiser, comme on baise un Ami.

*Palemon.*

Le Tableau sera tel, que la plus inhumaine
Voudroit, en le voyant, vous embrasser en Reine.
Chantez, à votre tour, ô mon Frere! chantez,
En des vers seduisants, dignes d'être cités,
Pancaste de Larisse. O Perle des Femelles!
Pour payer ton Amant, ton Peintre, ton Apelles,
Ciel! que ne fis-tu point! Pancaste sçût quitter
Le Conquérant du Monde, un Fils de Jupiter;
Pancaste préfera, tant elle eut le cœur tendre,
Le Pinceau de son Peintre au Scéptre d'Alexandre.**

*Aminte.*

Je chanterai Pancaste. O Muses, bénissez
Tous nos Travaux d'esprit; par l'Amour imposés!

(*) Marguerite, qui donna un baiser à *Alain Chartier*, brave Savant, mauvais Poëte, & vilain Magôt.

(**) Alexandre le Grand y consentit de bonne grace. Il considéra, qu'un grand Artiste est préférable à un Roi, qui n'est que Conquérant. La Belle cedée, selon les uns, s'appelloit *Pancaste*, selon d'autres, *Campaspe de Larisse*.

# SUR LE FLATTEUR, COMEDIE DE ROUSSEAU.

Pour obtenir les dernières faveurs de la quinteuse Thalie, il ne suffit pas d'être né excellent Peintre; de connoitre parfaitement le Genre humain, & d'avoir un Esprit enjoué, & d'être bon critique. Sans un certain don de la Nature, sans certain Talent, par malheur extrémement rares: on échoue sur le Théatre comique. * C'est une disgrace, qu'en France le meilleur Poëte peut aisement subir, fut-il couché dans le giron de la Gloire.

Pour prouver la chose, on pourroit citer ici vingt Auteurs estimables, qui demandérent des faveurs à Thalie, & n'en obtinrent que des Chiquenaudes. On ne nommera que le fameux *Rousseau*. Ce beau Génie, malgré toutes ses études, n'attrappa jamais le génie que le Théatre exige. Néantmoins Rousseau (tantôt à la persuasion de quelque grand Personnage, tantôt à la sollicitation de ses Amis) eut le malheur de fournir, aux Comédiens de Paris, des Piéces théatrales, au dessous de ce Mediocre, qu'*Horace* declara insupportable. Le *Flatteur*, le *Capricieux*, le *Caffé*, la *Ceinture magique*, la *Mandragore*, sont autant d'Avortons, qui, pour l'honneur de leur Pére, n'auroient pas dûs voir le jour.

Il

(*) Cela est si vrai, qu'on ne commettroit point un Crime de Léze-Critique, en supposant, que *Déspréaux* même auroit mal réussi, s'il eut chaussé le Brodequin.

Il faut pourtant convenir, que son *Flatteur* vaut la peine d'être lû. Rousseau, jeune encore, dans l'espérance de se faire un nom, composa cette Piéce de Caractére, d'abord en prose. Elle fut représentée au mois de Decembre, en 1696. j'ignore avec quel succès: J'apprends de l'Auteur même, * qu',,il ne laissa pas de concevoir, aussi bien que plusieurs de ceux qui l'ont le ,,plus approuvée (la Comédie du Flatteur) qu' elle étoit ,,du genre de celles qui doivent être écrites en vers.,, Il la tourna donc en vers, pour *perfectionner* un Ouvrage, qui attaque le plus dangereux de tous les vices, &, pour le malheur du Genre humain, le *plus à la mode, & le mieux recompensé.*

Il est constant, que l'Ouvrage en question attaque le Vice le plus dangereux, le plus à la mode & le mieux recompensé. D'où vient donc que depuis cinquante ans on ne représente plus une Comédie si salutaire sur aucun Théatre de l'Europe? Le fameux Abbé *Desfontaines* eut beau declarer: que ,,*la Comédie* du *Flatteur* ,,*est une des plus belles piéces de notre Théatre*, au ,,jugement des bons connoisseurs, malgré le préjugé ,,du vulgaire. Envain l'Abbé ajouta, que cette Comé- ,,die étoit aussi utile pour les mœurs, & aussi sagement ,,écrite que le *Misantrope de Moliere*,,, au quel il égala le Flatteur! ** Le Flatteur malgré cet éloge flatteur, n'a pu remonter sur le Théatre.

On ne conçoit point, comment l'Abbé Ex-Jesuite a eu le front d'égaler le Flatteur au Misantrope!

*C'est une ressemblance aussi juste, aussi rare. . .*
*Oui, comme d'une étrille avec une guitare.* ***

Alceste

(*) v. la Préface du Flatteur. Ouvr. div. de Rouss. T. III. p. 6. & 7. Edit. d'Amst. 1726.
(**) v. le Tom. XXVI. des Observations de l'Abbé p. 140. ou l'Esprit de l'Abbé Desfont. T. IV. p. 178.
(***) Vers de Rouss. v. le Flatteur Act. I. Sc. IV.

Alceste, le Misantrope de Moliere, ne haïssoit point le Genre humain. Il idôlatroit une Veuve aimable, qu'il vouloit épouser; il estimoit très-cordialement son Ami intime. Il ne s'en detacha que parceque l'Amante étoit une franche Coquette, & l'Ami, homme de Cour. Alceste, par un excès d'horreurs, pour les mœurs de son Siécle tombe, en parfaitement honnête homme, dans un deffaut réellement estimable *Philinte*, le Flatteur de Rousseau, n'est qu'un Scelerat, indigne de jour, qu'on ne sçauroit comparer qu'au *Tartuffe* de Moliere, * & nullemement à son Misantrope.

Quelque Estime que j'aye pour les Manes de Rousseau, je ne suis point assez Flatteur, pour trouver son Flatteur digne de lui. Il auroit dû rendre moins affreux son infame Philinte. C'est un Coquin, un Fourbe, un Calomniateur, un Traitre si abominable, que la Flatterie est précisement le moindre de ses vices. Est-il possible, après cela, au Spectateur le plus attentif, de fixer son attention sur le simple Flatteur, dont on lui a promis la peinture? Tous les Fourbes sont de lâches Flatteurs, dès que leur interêt le demande. Mais tous les Flatteurs ne sont point des Fourbes tels que Philinte. Durant tout le premier Acte, c'est un fin Merle, Louangeur pérpetuel, ** pour se préparer des dupes. Il ouvre le second Acte avec son Valet, qui lui demande ses gages, & lui parle encore de ses autres créanciers. Alors Philinte, pour appaiser ce Valet impertinent, leve le Masque, & se declare Faquin insigne, & très-habile à attrapper l'argent des Sots crédules

(*) Quelle difference toute fois! Pour designer un *Hypocrite*, on l'appelle *Tartuffe*. Appelle-t-on un Flatteur, pour le designer, *Philinte?*

(**) Rousseau ne remarque point, que les Louanges, mêlées de quelques verités désagréables, sont les plus dangereuses. *Plutarque* fit très-bien cette remarque, dans la vie d'*Antoine*. v. *Dacier* T. VII. p. 490. Edit. d'Amst. 1724.

les. Cette confeſſion me paroit aſſez mal imaginée & même nullement naturelle. Voyons ce qu'il ajoute, pour achever de ſe peindre:

A quoi me ſerviroit le Talent précieux
Le don *ſurnaturel* que j'ai *reçu des Cieux*
De *tourner à profit* la foibleſſe des hommes?
Tu le ſais *mieux que moi*: dans le ſiécle où nous ſommes,
L'amour de la Louange & l'imbecille orgueil
De leur foible Raiſon ſont l'ordinaire écueil;
Et j'ai mis le grand art, où je ſuis *paſſé maître*,
A les *tromper* par là puis qu'ils le veulent être.
Je ſai m'accommoder à leurs foibles divers,
*Flatter leurs paſſions, encenſer leurs travers.*
Sur leurs ſeuls mouvements je me régle à toute heure,
Sont-ils joyeux? je ris: ſont-ils triſtes? je pleure.
Et par là, ſans riſquer qu'un *peu de bonne foi*,
*Je les mets hors d'état de ſe paſſer de moi*:
J'aſſujettis leurs cœurs, j'aſſervis leur prudence,
*Et les enchaîne aux fers de ma condeſcendance.*
C'eſt ainſi qu'un eſprit adroit & penétrant
Sait mettre en interêt la ſottiſe d'un Grand;
Et cette unique porte, aujourd'huy ſi commune,
Sert d'entrée au Palais de la bonne Fortune.
Du métier que je fais tu vois quel eſt le fruit,
Et ce que ma ſoupleſſe au beſoin me produit.
Enfin qui n'eſt pas né Prophête en ſa patrie,
Doit à ſon mauvais ſort oppoſer l'induſtrie,
Je n'ai ni fonds ni rente, il faut bien l'avouer.
Mais mille ſots en ont, & je les ſais louer.
Voilà ma Terre On doit la cultiver ſoi-même.
Mais le produit en eſt d'une abondance extrême;
Et croi moi, mon ami, la vanité des foux
Eſt le fonds le plus ſûr des ſages comme nous.

Excuſons néantmoins cette confidence ſinguliére. Suppoſons, que le Flatteur s'eſt flatté d'avoir en ſon Dome-

Domestique, un Confident prudent & discret, absolument incorruptible. C'est sans doute sur la foi de cette confiance, que Rousseau a fait faire une Confession si étrange à son Fourbe Escamoteur. Cette confiance supposée fournit au Poëte le moyen de tirer le Portrait du Flatteur, de la bouche d'un Flatteur même.

Mais c'est aussi uniquement à quoi Rousseau auroit dû se tenir. S'étant proposé & engagé de mettre sur le Théatre comique *le Flatteur:* Le Poëte eut tort de nous donner, dans le même personnage, un Fourbe, un Calomniateur, un Intriguant, un Traitre, un Hypocrite, un Escroc &c. Le Théatre a des regles extrémement rigides. Il ne faut pas lui donner plus qu'on ne lui promet, par le titre de la Piéce. Rousseau annonça un Flatteur; & produisit un Monstre. Veut-on que le Public excuse cette *Caricatura?* L'Abbé Desfontaines auroit mal payé le Peintre, qui lui auroit peint un horrible Crapaud, au lieu de lui peindre une Grenouille. C'est justement le cas de Rousseau. Pour comble d'ennui, dans toute la Piéce de cinq Actes, on ne trouve point la moindre Scene divertissante. Ce n'est que la Soubrette *Justine*, qui finit l'Acte troisiéme par quatre vers, dignes de Rousseau,* & dignes d'être sauvés de l'oubli. Les voici:

*Si la Fievre d'Amour avoit, lors qu'il nous berce,*
*Ses jours intermittens, comme la Fievre tierce,*
*On seroit ces jours-là honteux jusqu'à l'excès,*
*Des sottises qu'on fait quand on est dans l'accès.*

Rousseau, ayant eu aussi la foiblesse de composer deux Opera, eut la force d'esprit de les supprimer sans misericorde; parce que ces deux Opera lui paroissoient

(*) Il eut tort cependant, de mettre dans la bouche d'une Femelle des vers, qui marquent tant d'experience.

soient indignes de sa plume. Que ne fit-il main basse encore sur son *Flatteur* & sur son *Capricieux!* L'existence typographique de ces Héros croqués empêche peut-être la naissance d'un nouveau Flatteur & d'un Capricieux nouveau. On auroit pourtant besoin de voir sur le Théatre, le premier, pour être en garde contre lui: le second, pour apprendre à le fuïr, ou à le supporter avec patience.

Oui, il seroit à souhaitter, que sur tous les Théatres du Monde, les Grands vissent bien représenter un *Adulateur,* * peint au naturel, comme Moliere nous a peint *l' Hypocrite.* Les Grands n'ignorent point que leurs habiles Flagorneurs sont des Traitres très-dangereux, & que de puissants Monarques ont été detrônés pas ces Pestes de Cour. ** On sourit malignement, quand on lit que les Courtisans de Philippe de Macedoine se banderent les têtes, le Roi ayant pris un bandeau, à cause d'une blessure à la tête. On sourit malignement, quand on lit que les Courtisans d'Alexandre porterent les têtes panchées du coté gauche, le Roi ayant pris cette mauvaise habitude. On se chatouille, en lisant que Denis le jeune ayant la vue extrémement basse, ses Courtisants affectoient d'être presque aveugles, bronchoient à tout moment, & se heurtoient les uns les autres. *** Mais,

On

(*) *Ne soyons point surpris, qu'un Grand que chacun flatte,*
*Que chacun veut gater, en peu de tems se gate*
a dit un Auteur anonyme, en faveur de certains Grands gatés.

(**) En son Britannicus, Racine a fait voir aux Monarques, en quel abîme ils peuvent tomber, quand ils n'écoutent que des Flagorneurs, au lieu d'écouter de bon Ministres.

(***) Un Evêque, après une longue absence, revenu à la Cour felicita Louis XIV. sur l'heureux état de sa santé. Le Roi se plaignit de la perte de ses dents: *Ah Sire! qui est-ce qui a des dents?* repliqua l'Evêque, en tenant les levres fermées.

On ne rit point, quand on lit dans l'Histoire du Siécle passé, comment en tel & tel Climat les gens du beau Monde avoient tous les Têtes felées, parceque la tête du Souverain étoit felée. On ne rit point, quand on lit, qu'en certain Royaume les Grands pancherent leurs têtes à gauche, par ce que le Monarque panchoit la sienne à gauche. On ne se chatouille point, en lisant que tous les Etats d'un autre Empire, tenoient éternellement les yeux fermés, parce que leur Despote étoit étrangement myope. Et pour quoi n'en rit-on point? Parce que le dix huitiéme Siécle n'est point assez éloigné du dix septiéme. C'est m'expliquer, je pense, quand j'exhorte les Poëtes comiques à mettre sur le Théatre un Flatteur. Le Génie le plus étroit, l'Esprit le plus borné, s'estime trop éclairé & trop prudent, pour être la dupe d'un Cajoleur. Cette persuasion générale avance précisement la fortune des flagorneurs, habiles à en profiter. O Grands de la Terre! daignez-vous rappeller l'horrible histoire de l'horrible *Tibére*. Ce Tygre rafiné, toujours sur ses gardes, jaloux de son autorité, & ennemi capital de tous les Adulateurs, ne sçût point éviter les piéges de *Sejan*. Il enyvroit de Louanges & de Cajolleries Tibére, le plus rusé des Humains, au point qu'il le menoit par le néz, comme un Ours, & lui faisoit commettre des cruautés, dont peut-être Tibére auroit eu horreur, sans les instigations de son Traitre. Sejan regnoit: Tibére étoit son vil Esclave.

Les Faquins de Cour se servirent enfin adroitement, contre Sejan, des armes, dont il s'étoit servi pour s'assujettir le Monarque. Ils l'enyvrerent de Louanges & de Cajolleries, au point que Sejan en devint si insolent & si brûtal, qu'il ne pût échapper à sa perte. Il poussa l'audace jusqu'à faire jouer sur le Théatre, & tourner en ridicule les deffauts de Tibére. Ce Prince alors rompit le charme. Il ordonna au Senat de faire re le Procès à Sejan, qui fut arreté & étranglé dans la prison à la grande joye de tout le monde:

*On n'est point à l'abri d'une fausse tendresse,*
*Et tel homme, à la Cour où l'on voit tant d'adresse,*
*Fait tous les jours tomber son Maître en ses filets,*
*Qui tombe le premier dans ceux de ses valets.*

*Flatt. Act, V. Sc. V.*

Après cela, devroit-on concevoir encore le ridicule espoir d'être toujours sagement invulnerable aux Flêches d'un fin Matois? C'est de quoi on se flatte, & sur quoi le Flatteur ose se flatter de parvenir à son but, la Flatterie étant un commerce de mensonge, fondé, d'un coté sur l'interêt; & de l'autre sur l'orgueil.

L'Amour n'opéroit point tous les Miracles dont on se plaint, si la seduisante Flatterie ne lui prettoit son funeste secours. C'est un fait, dont on tombe d'accord, quand on considére, combien de Femmes chastes, ont eu le malheur de succomber aux poursuites de vrais Satyres. Telle, qui sçût resister vertueusement à toutes les attaques d'un Adonis, peu cajoleur, se rendit sottement aux fines adulations d'un Majôt ridicule.

*Elle aima mieux, pour s'en faire conter,*
*Pretter l'Oreille aux fleurettes du Diable,*
*Que d'être femme, & ne pas coquetter.*

*Sarass. Poës.*

Ce n'est pas toujours l'Amour, c'est souvent l'Amour propre, qui livre la Belle aux desirs d'un Rénard Encenseur. L'Encens, continuel & ingénieux, monte enfin à la tête, & corrompt ensuite le cœur. Et quel Amant n'est point flatteur outré de sa Maîtresse, quand

 il

il ſeroit d'ailleurs d'une probité parfaite? L'Amour nous rend tous Flatteurs, & en depit de nous mêmes.

Mais, ſi ſelon le ſage *Fontenelle*,

*Le Sage, tant qu' il vit, eſt en priſe à l'Amour*,

on ne ſçauroit que plaindre l' homme de bien *en priſe* à une Coquette, habile & franche Flatteuſe. Nous nous étonnons, en voyant un Hercule, qui ne ſe laſſe point de filer honteuſement aux pieds d' une Omphale vieille & ridée, quoique, ce ne ſoit plus l' Amour qui faſſe tourner les fuſeaux. Nous nous imaginons, qu' il faut imputer à l' *Habitude* un égarement de ſi longue durée. Il ceſſeroit bientôt, ſi l' ingenieuſe Omphale ne donnoit chaque jour des fers nouveaux à ſon Hercule, *en priſe* à l' Amour propre. Les Eloges qu' on lui prodigue finement; ſes Louanges qu' on lui chante à tout propos; les façons dont on ſçait colorer ſes deffauts & ſes vices; les attentions continuelles qu' on a pour ſes moindres plaiſirs & amuſements, ſont autant de cruelles Chaines, que le Tems ne rompt point, comme il rompt celles de l' Amour.

Le Bon-Sens veut qu'on mepriſe la memoire d' un Monarque, qui, tel qu' *Edouard* II. Roi d' Angleterre, perd ſon Trône & la vie, pour avoir été l' Eſclave obeiſſant de ſes lâches Encenſeurs. L' Humanité veut qu' on deplore les malheurs d' un Prince, victime d' une Amante, qui joint aux Préſtiges de ſes charmes tous les préſtiges de l'Adulation. J'avoue que je ne relis point, ſans un peu de compaſſion, l' Hiſtoire affreuſe de *Marc-Antoine*. Il ſacrifia, *croit-on*, à l'Amour ſeul l'Empire du Monde. Mr. *Marmontel* ſe flatta que Marc-Antoine, ſur le Théatre françois, gagneroit tous les cœurs; à la répréſentation de ſa *Cléopatre*. Il fut bien étonné, en éprouvant tout le contraire. „Qui „eût pû prévoir, *dit-il en ſa Préface*, que la Nation „de la Terre qui ſent le mieux l' empire de la beauté, „ſeroit

„seroit indignée de voir un Héros sacrifier son ambition „à son amour, & préferer son Amante à l'Empire du „Monde?" A cette question on peut répondre, que M. Marmontel auroit pû prévoir, que malgré la beauté de sa versification, la Nation Françoise même ne pouvoit que mépriser le Marc-Antoine de sa Tragédie. En cette Piéce, d'ailleurs si bien écrite, le brave, le noble, le sage *Ventidius* fait des remontrances si graves & si sensées, à Marc-Antoine l'insensé, qu'on ne sçauroit avoir la moindre Compassion de ce Monarque ensorcelé. Quand il seroit demontré & prouvé solidement, au gré de M. Marmontel, que Cleopatre, bien loin d'être „*une Femme prostituée*, n'eut jamais *d'autre crime que d'être* „*aimée eperdûment* des plus grands hommes de son „Siécle:" On ne sauveroit point par là l'honneur de Marc-Antoine. Si Cleopatre se vit eperdûment aimée des plus grands hommes de son Siécle: elle ne fit pas ces Conquêtes, en depit d'elle, par la beauté de son visage. La fine Coquette ensorceloit ces grands hommes, par delicatesse de son Esprit adulateur. Femme du grand Monde, Reine prodigue, qui s'exprimoit bien en plusieurs Langues, elle avoit tout ce qu'il falloit avoir, pour captiver des cœurs sensibles aux folies mondaines. „Cleopatre, *au rapport de Plutarque*, * fit „voir que Platon n'étoit qu'un ignorant dans la connoissan„ce de l'Art de la flatterie. Ce Philosophe croyoit que „cet art ne se pratiquoit qu'en quatre manières diffe„rentes, mais elle trouva le secret de l'exercer en plu„sieurs autres manières qu'il ne connoissoit pas, car & „dans les affaires serieuses d'Antoine, & dans ses jeux „& dans ses plaisirs, par tout *elle imaginoit quelque* „*nouvelle volupté*, & quelque *nouvelle gentillesse*, dont „elle l'amusoit, ne le perdant jamais de vue & ne le „quittant ni nuit ni jour, *toujours occupé à le diver*„*tir & à le retenir dans ses chaines*. Elle jouoit aux



* Vie d'Antoine, Trad. de Dacier T. VII. p. 499.

„dez avec lui, elle beuvoit avec lui, elle chaſſoit avec „lui, & quand il faiſoit l'exercice des armes, elle étoit „toujours préſente."

Ce fut à ce Manége de Cour, à cet *Art de la Flatterie*, & non au *Giron de Cleopatre*, que le miſérable Antoine ſacrifia l'Empire du Monde. Voilà comme on attribue lourdement à l'Amour, des fautes & des crimes, que l'Amour propre, l'avidité des amuſements & des plaiſirs, l'orgueil & la vanité font tous les jours commettre par ce que le Monde eſt toujours pleins de Perſonnages, habiles à profiter des foibleſſes de l'Homme.

MOYEN

# MOYEN DE PAYER LES DETTES PUBLIQUES.

Dans les Calamités publiques, chaque brave Citoyen merite d'être écouté, au moment qu'il se présente, pour ouvrir un Avis important, sur les moyens de remedier aux malheurs de la Patrie.

On sçait, que chez nos sages Anciens, cette Regle ne souffroit point d'exception. En nos jours, on pense communement, qu'un Citoyen, sans emploi public, sans charge, sans titre, ne sçauroit imaginer quelque chose d'utile à l'Etat. Le Salût de l'Etat est, *dit-on*, sagément confié à des Departements divers. Quiconque n'en est point Membre, & se mele pourtant du salût de l'Etat, n'est qu'un Arrogant présomtueux, qui, pour se faire valoir, empiéte sur l'autorité d'autrui.

Mais lorsque ces Departements contractent, par exemple, des Dettes énormes, & forcent ensuite les particuliers de payer ces maudites Dettes: tout Particulier est en plein droit d'indiquer le moyen, selon lui, le plus propre à payer. On a vû des Cours, où les Ministres sçavoient tout, excepté le secret de contenter les Creanciers de leur Auguste Maitre. Un Roi de France, faute d'argent comptant, se chagrinoit presque à mort. Nul de ses Ministres, nul de ses Financiers, ne sçavoit imaginer le moyen de remplir d'Espéces les coffres vuides de sa Majesté obérée. A la honte de toute la Cour, il se présenta alors un *quidam*, un *Jean du Pont-Alais*, *Chef & Maitre des Joueurs de Moralités & Farces* à *Paris*. Il inventa un Projet,* qui enrichit



* Veut-on le connoitre: qu'on consulte la Biblioth. de *du Verdier*, p. 749. ou *Erasm.* in *Lingua*.

chit bientôt le Monarque, & qui continue à enrichir tous ses Successeurs. Tant il est vrai, que *Despréaux* eut raison d'assurer, qu'

*Un sot quelquefois ouvre un Avis important.*

Dans un Melange,* ou Recueil d'œuvres diverses, en Prose & en Vers (*Babioles Angloises*) toute la Grande Brettagne admira, il y a plus de 28. ans, un *Moyen infaillible de payer les Dettes publiques de l'Irlande.* Quoique sur de grandes apparences, les Critiques connoisseurs soutiennent, que ce Morceau magnifique appartient au celebre Docteur *Swift*, au Doyen de la Capitale d'Irlande; j'en doute. J'en doute, par ce que le Projet n'a point été essayé. Jamais Swift ne subit un affront de cette nature.** Le Projet établit une Taxe sur plusieurs Vices trop en vogue. Quelque soit l'inventeur, il descend d'abord dans tous les détails; ensuite il raisonne, régle, calcule, & fait les conclusions les plus claires, les plus frappantes. Cependant tout Homme d'Etat sentira, comme moi, que le Projet seroit excellent, si les Hommes étoient sinceres & veridiques, incapables de nier leurs vices & leurs deffauts. Mais comme les Hommes sont encore bien éloignés de cette énorme perfection: Le Projet ne sçauroit que tomber à terre. A moins qu'on ne soit en droit de faire mettre à la question, ordinaire & extraordinaire, tous les quatre Sexes (qui composent le Genre humain) quel beau Tribût tirera-t-on de Vices & des Deffauts, dont l'Homme convient, par un effort de Probité, de Christianisme, ou de Bétise?***

L'Huma-

* *Miscellanies* IV. Vol. 8. la Préface au prem. Vol. signée *Pope* & *Swift* v. la Biblioth. Brit. janv. 1734. p. 353.

** Le Projet de manger les Enfants des Pauvres, dumoins n'est jamais entré dans la Cervelle du Dr. Swift, au quel on prette bien d'autres impertinences singulieres.

*** Je respecte la *Pierre Philosophale*, découverte par l'aimable Abbé *Coyer*. (v. ses *Bagat. morales*) je voudrois le voir *Receveur general des Taxes proposées*, par ce noble Citoyen.

L'Humanité ne me permet point de pousser plus loin cet Examen caustique. Je me bornerai donc à considerer simplement, qu'*une Taxe sur les vices & les deffauts de nos quatres Sexes ensemble, ne produiroit annuellement qu'une somme très-modique, dont on ne nourriroit pas seulement les Collecteurs.*

Pour faire toucher la chose au doigt; que le Beau-Sexe d'abord se présente. Il a ses vices; il a ses deffauts; il en convient de bonne grace. Mais, au nom du juste Ciel! devant quel Tribunal d'inquisition cruellement galante, veut-on qu'une jeune Belle fasse une Confession générale de toutes ses foiblesses? Veut-on qu'elle se blâme, qu'elle s'accuse, qu'elle se taxe, pour être taxée, à payer au Public un impôt, aussi risible qu'onereux pour la Belle? Les Confesseurs ne se plaignent point, de ce que dans les Confessionaux les Femmes sont trop babillardes. Je n'ai guére le bonheur de connoitre le Sexe. J'ose pourtant supposer, qu'une Femelle, qui, au péril de son ame, cache au Confesseur certains petits égaremens, n'en fera point confidence, aux depens de sa bourse. Chacun sçait par cœur les Articles, sur les quels les Femmes sont éternellement discrétes. Peut-on, après cette reflexion, se promettre de tirer des Contributions, tant soit peu rémarquables, d'un Sexe, qui sçait se taire, sur tout ce qui regarde, ce qu'on appelle improprement sa Vertu?

Et les Hommes, sont-ils hommes, à faire des Confidences, capables de les ruiner? Il est constant, qu'aux Philosophes près, des hommes sont infatués de cet Amour de la Patrie, qui, démasqué subtilement, est d'abord reconnu pour Esprit de Parti. Il est constant, qu'aux Philosophes près, des hommes sont tellement épris du veritable Amour de la Patrie, que, de grand cœur, ils se feroient massacrer & ruiner pour leurs Bicoques natales. On auroit pourtant de la peine à me persuader, qu'*Horace*, malheur pour malheur, auroit mieux aimé de voir périr *Rome* que *Venuse*.

Mais à quelque degré, à quelque excès même qu'on pousse l'Amour de la Patrie: on aura toujours de la répugnance à lui fournir de l'argent, en vertu d'une Taxe, établie sur les vices & sur les deffauts avoués. Quand l'Amour propre & la vaine gloire ne se revolteroient pas contre cette Taxe satirique: la Prudence la rejetteroit & la traitteroit de tyrannie burlesque. Quel Pére de famille, chargé d'un grand nombre d'enfants, ne trembleroit à la seule proposition de payer annuellement un petit Ecu, pour chaque vice & deffaut en sa Famille? Sur cette considération il faut avertir, que la Taxe en question, par tout sevérement établie, banniroit bien-tôt de la Chrêtienté, le peu de Probité, qu'on y rencontre encore. Les hommes deviendroient tous trop menteurs, pour ne pas devenir des mendiants.

Soit par Economie, soit par mauvaise honte, (ou plus tôt par une honte très-naturelle & très-raisonnée,) les Gens, les plus lourds d'ailleurs, trouveroient le secret de se moquer des Collecteurs de la Taxe.

Quand on exigeroit de l'Athée, quelque Somme tant soit peu forte: l'Athée nieroit son Athéisme. Il conviendroit d'un Naturalisme. Il payeroit tout ce qu'il pourroit payer; mais à condition de dogmatiser, & d'enseigner publiquement ses Hypothéses, qui en effect sont très-difficiles à concevoir.

Quand on n'exigeroit du Deïste, qu'une somme très-modique: il refuseroit au Public cette somme modique sur le prétexte que le Deïsme est une Religion, & qui doit avoir une libre entrée dans toutes les Religions imaginables. Le Deïste, qui se dit aujourd'huy Théiste, demanderoit également le droit d'enseigner le Théisme, & de prêcher contre l'Atheïsme & le Christianisme à la fois.

Or je soutiens en homme d'honneur, qu'il faudroit faire Banqueroute, plus-tôt que d'accorder aux Athées & aux Théistes le droit de prêcher publiquement

ment leurs Dogmes. Je sçai que les Théistes voudroient avoir parmi nous de petits Temples, comme les Juifs ont parmi nous des Synagogues. *

Mais de grace considerons l'énorme difference de ces deux Anti-Chrêtiens. Le Juif a réellement *Moïse & les Prophêtes.* Le Juif circoncis vit sous l'ancienne Loi. Le Théiste se rit de Moïse & des Prophêtes, de l'ancienne & de la nouvelle Loi. Pour avoir le droit de se moquer à la fois du Talmud, & de la Bible, le Théiste ne paye annuellement qu'un Ducat d'or en Turquie. Chrêtiens! mettez la main sur la conscience. Dites, moyennant quelle retribution annuelle, vous accorderez, chez vous, aux Libertins, le droit de se moquer de la Bible?

Nos Moralistes épuisent l'Hyperbole en declamant contre l'impudence du Siécle. On ne rougit plus, dit-on, de ses impietés, de son irreligion, de son libertinage. On tire vanité de ses crimes, de ses vices, de ses deffauts, de ses mauvaises habitudes & de ses mœurs depravées. En leurs Sermons, les Prédicateurs lachent des Satyres sanglantes, contre tous les Etres vivants de leurs Paroisses. Chacun profite ainsi de son privilége de médire & de maudire. C'est sur la foi de pareilles declamations, qu'on s'imagine, qu'il faudroit mettre de gros impôts sur les hommes vicieux, criminels, diaboliques, &c. &c.

Je le repéte à dessein. Ce seroit le moyen le plus propre à corrompre toute la Chrêtienté. Le Monde seroit bien-tôt rempli de *Tartuffes.* Les Prodigues les plus foux se lasseroient de payer des Impôts, en qualité d'Orgueilleux, de Debauchés, de faux Joueurs, d'Yvrognes, de Menteurs &c. &c. &c. Les Scelerats les plus



* Principalement en Pologne, *le Paradis des Juifs.* On dit qu'ils ont en ce Royaume près de trois cent Synagogues. V. l'Hist. de *Jean Sobieski* par Mr. l'Abbé *Coyer*, T. I. pag. 62.

plus determinés affecteroient d'être devenus gens de bien. Je le repete, ce n'est point l'Esprit d'Oeconomie, qui agiroit sur eux: l'Esprit de Decense, la Vanité, l'Amour propre, souvent la Politique même forceroient tous ces Malheureux à embrasser le *Tartuffisme*.

Remarquons ici généralement, en Financier-Philosophe, que toute Taxe infamante, ou seulement déshonorable, en tout Païs chrêtien (excepté l'unique Ville de Rome) * ne produira jamais quelque somme de consequence.

Remarquons ensuite, & suivant ma methode, que plus les Royaumes sont riches & commercants, plus ils sont accablés de Dettes.

Les treize Cantons des Suisses ne sont pas riches, & ne sont rien moins que commerçans, en comparaison de toutes les autres Républiques. Les treize Cantons cependant ont de bons Tresors publics, & ne doivent pas un Liard à qui que ce soit en nos deux Mondes!

Si le Moyen de payer les Dettes publiques de l'Irlande, proposé par le Dr. Swift, ou par quelque autre Financier, efféctivement seroit tel, que d'abord il paroit être: ne s'en serviroit-on point en tous les Païs vicieux? On me répondra peut-être, qu'il s'en faut bien, que les Hommes soient aussi vicieux, que, le Dr. Swift osoit le supposer, étant homme d'Eglise & Ecrivain Satyrique.

Cette Réponse feroit un honneur infini à toute la Chrêtienté. Ainsi je veux me la faire moi même, & l'on verra bientôt quel sage Parti j'en tirerai pour fournir le moyen le plus noble d'acquitter toutes les Dettes. Les Dettes, en certains Climats, ressemblent aux Dents. Elles font du mal, lorsqu'elles percent: elles

* Ce fut *Caligula*, qui le premier s'avisa de rendre tributaires les Femelles galantes à Rome.

elles nourrissent prodigieusement en suite. Mais il est des Païs, où l'on ne conçoit pas une verité si palpable. On y comprend, que les Dettes publiques tournent au profit des Créanciers du Public. On convient, que leur Argent, placé, leur fait honneur & gloire. On avoue que sans le sécours de ses Pretteurs d'argent, la Patrie auroit été abîmée! Qu'importe? Le Souverain du Païs, le Prince, en faveur du quel Dieu créa ce Païs, & tous ses habitants contribuables, manque annuellement des Révenus considerables; & Pourquoi? Parceque le Païs est surchargé de dettes, dont le Peuple paye éxactement les interêts. Il est donc d'une necessité civile & financiere, pour tout Etre d'un certain poids, de condamner le Public à acquitter toutes les sommes d'argent, negociées sur ce Public, sans son aveu ou contre ses protestations mêmes; n'importe.

Qu'on excuse la longueur de la Periode qu'on vient de lire. L'espérance d'être consulté par quelque Nation, protectrice d'inventeurs de Projets lucratifs, n'a pû que me rendre diffus. Je ne cache point comme on voit le désir de me faire connoitre. En attendant, voici à bon compte, & absolument de mon invention, un Moyen infaillible de payer les Dettes publiques d'un Païs, dont les habitants ne seront point absolument des *Diogénes*.

Qu'on publie d'abord un Manifeste, ou une Déclaration, qui porte

## ARTICLE I.

Comme quoi la chére Patrie, cette commune Mére, se trouve tellement accablée de Dettes publiques, qu'elle fera la Banqueroute la plus honteuse, à moins que ses chers Enfants de tous les Sexes, ne viennent promptement à son sécours; soit par des Gratifications, ou par des Dons gratuits; soit par la voye ordinaire des Capitations ou des Taxes personnelles.

II. Que

## II.

Que non obstant sont bésoin pressant, la chére Patrie n'acceptera point la moindre obole de certains Enfants, qui se seront rendus indignes de l'honneur d'assister leur Mére. Qu'elle avertit en consequence, que tous idolâtres, blasphémateurs, contempteurs de Dieu, hérétiques, & toutes gens qui font secte à part pour rompre l'union de l'Eglise; tous parjures, tous ceux qui sont rebelles à péres & méres & à leurs superieurs; tous seditieux, mutins, batteurs, querelleux, adultéres, paillards, larrons, avares, usurieurs, ravisseurs, yvrognes, gourmans, & tous ceux qui ménent une vie scandaleuse &c. seront privés de la douceur de sécourir la chére Patrie.

## III.

Que toutes les Laides de mauvais renom, soit à cause de galanteries ou de tracasseries; de cabales ou d'intrigues; de calomnies ou de caprices ou d'humeurs; ne seront point admises à l'honneur de soutenir l'honneur de la chére Patrie.

## IV.

Que les Nobles, soupçonnés d'étre de faux Nobles, ou des Nobles sans Noblesse réelle; ne seront point admis à l'honneur de soutenir l'honneur de la chére Patrie.

## V.

Que le Clergé ignorant; les Gens de Robe ignorants; les Medecins ignorants; les Avocats & Procureurs ignorants; les Mathématiciens & Astronomes ignorants; les Litterateurs ignorants & les mechants Poëtes, &c. ne seront point admis à l'honneur de soutenir l'honneur de la chére Patrie.

VI. Que

## VI.

Que tous les Gens militaires, soupçonnés d'être peu militaires, ne seront point admis à l'honneur de soutenir l'honneur de la chére Patrie.

## VII.

Que les Maris bourrus, hargneux, jaloux, impuissants &c. ne seront point admis à l'honneur de soutenir l'honneur de la chére Patrie.

## VIII.

Que les gros Négociants, sur le point de manquer, seront dispensés de concurrir à l'honneur de soutenir l'honneur de la chére Patrie.

## IX.

Que tous ceux qui sont obligés d'affecter d'être riches, & ne le sont point en effect, seront dispensés de concurrir à l'honneur de soutenir l'honneur de la chére Patrie.

## X.

Que tous ceux qui auront le moindre doute sur leur naissance legitime, seront dispensés de concurrir à l'honneur de soutenir l'honneur de la chére Patrie.

## XI.

Que tous ceux qui, en conscience, se trouveront convaincus d'occuper des charges, des emplois, des dignités, des postes &c. qu'ils ne meritent pas d'occuper, seront dispensés de concurrir à l'honneur de soutenir l'honneur de la chére Patrie.

XII. Que

XII.

Que tous les Maris, secretement convaincus de l'infidelité de leurs Femmes, seront dispensés de concourrir à l'honneur de soutenir l'honneur de la chére Patrie.

XIII.

Que les Noms & les Qualités des Personnes, indignes, ou dispensées de contribuer au Bien pûblic de la chére Patrie, seront enrégitrés par deux Notaires. Que ces Notaires rangeront ces Noms en certaines Classes, dont les Listes seront imprimées, de trois mois en trois mois. Qu'alors le Public verra, non sans quelque consternation, pour quoi & par quelles raisons, moralement on n'a pû admettre tous ces personnages, à l'honneur de soutenir l'honneur de la chére Patrie.

XIV.

Que les Noms & les Qualités des Citoyens orthodoxes, vertueux, sages, pleins de sçavoir, doués de grands Talents, & respectables par leur merite, & par leurs nobles Actions, par consequent admis à contribuer au Bien public de la chére Patrie, seront enregîtrés par deux Notaires. Que ces Notaires rangeront ces noms en certaines Classes, dont les Listes seront imprimées de trois mois en trois mois. Qu'alors le Public verra, non sans la satisfaction la plus touchante, le nombre prodigieux de ses braves Citoyens & zelés Patriotes. Qu'on publiera scrupuleusement & jusqu'au dernier Liard, leurs sommes d'argent fournies & sacrifiées à l'honneur de soutenir l'honneur de la chére Patrie.

Ou je suis le plus *inépte* de tous les Faiseurs de Projets & de tous les Inventeurs d'impots extraordinaires: ou le Moyen, qu'on vient de voir, delivreroit de ses dettes publiques tout Païs tant soit peu bien peuplé, & ne feroit *crïer* personne.

Voilà

Voilà le fin du Metier, qu'on neglige fur tout dans les Finances extraordinaires, comme les tailles, les aides, les gabelles. Les vieux Proverbes ne prouvent plus rien. Cependant je voudrois que les Inventeurs d'impots euffent perpetuellement dans l'efprit un Proverbe de *Sancho Panza*, Gouverneur, pendant un tems, de l'Isle de *Barataria*. *Il faut*; difoit-il proverbialement, *il faut plumer la poule* (l'oye) *fans la faire crier.* „C'eft à dire, (*felon Richelet* *) que quand on „fait des concuffions, il faut prendre garde de ne don„ner pas occafion à des plaintes.„ *Sixte V*, quoique certainement habile Souverain, ignoroit l'*Art de plumer la Volaille.* Pasquin ne manqua point de s'en divertir. Il déclara, qu'il s'éffuyoit promptement, avant qu'on mit un impôt fur les rayons du foleil: *Mi afciugo, innanci ch'il Sole fi venda.*

*Coronidis loco*, difent les Savants Latins, & c'eft à dire en françois: *pour tout dire*, je fupplie de confiderer, que le Citoyen affez inventif, pour imaginer un Moyen honorable & agréable de payer les Dettes publiques d'un Païs obéré, naturellement merite des Louanges. Il eft cependant bien au deffous du Citoyen, qui préferve la Patrie du malheur de s'endetter.

* En fon Dictionn. article Plume

COME-

# COMEDIES DESIRABLES.

Il s'en faut bien, que le Théatre françois soit déjà aussi riche en bonnes Comédies, que naturellement il devoit l'être. Par un excès de modestie, on ne prouvera point ici, que certains Beaux-Esprits ont tort de soutenir, que *les Caractéres sont épuisés*, par consequent les Auteurs dramatiques reduits à chercher d'autres sujets de Comédie. Pour peu qu'on frequente le grand Monde, on y rencontre chaque jour quelque sujet théatral, qu'on voudroit voir represénté sur la Scene.

Mettez, cher Lecteur! mettez la main sur la conscience, & confessez, si vous n'étes point hypocrite, que vous seriez ravi de voir au Théatre françois une bonne Comédie en cinq Actes, intitulée:

## LA FAUSSE DEVOTE.

Toutes les belles Suissesses, filles & femmes de probité, devroient engager l'illustre Mr. de *Voltaire* à regaler le Public d'une Piéce si digne de sa plume, aujourd'huy entiérement républicaine.

Peut-être que le titre revoltant de *fausse Dévote*, empecheroit les fausses Devotes d'assister à la représentation de la Piéce. Cette consideration, jointe à la crainte d'offenser les Hypocrites du Clergé françois, obligea le prudent *Molière*, d'instructive memoire, de ne point donner à sa Comédie le titre d'Hypocrite ou de faux Devot. On sçait aujourd'huy, que même il fut très-embarassé à choisir un nom convenable à son imposteur. Par un hazard, Pére de mille & mille heureuses decouvertes, Moliere reçut, ce qu'il cherchoit, de la bouche même d'un pieux Ecclesiastique. Rapportons cette curieuse Anécdote, puis qu'elle n'est pas encore

trop

trop connue, & qu'elle fait beaucoup d'honneur à la sagacité du Terence françois. „ Moliere, avant de finir „ sa Piéce, ne savoit quel nom donner à son Imposteur, „ lorsqu'un Jour étant chez le Nonce avec deux Ec- „ clesiastiques, dont l'air mortifié, mais faux, rendoit as- „ sez bien l'idée du caractére qu'il vouloit peindre, „ on vint présenter des Truffes à acheter: un de ces „ pieux Ecclesiastiques, qui savoit un peu d'Italien, à „ ce mot de *truffes*, sembla, pour les considérer, sor- „ tir tout-à-coup du devot silence qu'il gardoit & choi- „ sissant saintement les plus belles, il s'écrioit d'un air „ riant: *Tartoffali, Tartoffali,* * *Signor Nuntio!* Mo- „ liere, qui étoit toujours un spectateur attentif par tout, „ prit delà l'idée de donner à son imposteur le nom de „ Tartuffe, que la Scéne qui venoit de se passer sous „ ses yeux, lui faisoit trouver très-plaisant. „ **

Il faudroit donc inventer quelque nom convenable, pour en décorer la Béate théatrale, & je crois que la Langue italienne lui fourniroit plus d'un nom énergique.

Qu'on ne s'imagine point que le Tartuffe suffit au Théatre, pour demasquer les Hypocrites, & pour rendre l'Hypocrisie abominable. Moliere n'a point épuisé le sujet; c'est ce que je vais prouver par Moliere lui même. Il lût sa Piéce à la celebre *Ninon de l'Enclos*, à sa bonne amie, qu'il consultoit avec plaisir sur tout ce qu'il faisoit pour le Théatre. Ninon, enchantée de l'Ouvrage de son illustre ami, pour lui faire voir à quel point

* Les Italiens, qui parlent bien, disent: *Tartuffi* ou *Tartûfi*, *Tartuffoli* ou *Tartûfoli*, jamais Tartoffali. Moliere baptisa donc bien son Imposteur françois.

** On lit cette Anecdote dans les Memoires sur la vie de Mlle de *l'Enclos*. prem. part. pag. 62. Edit. d'Amst. 1758.

point il avoit saisi la nature, lui fit le récit d'une avanture qui s'étoit passé sous ses yeux, & dont un pieux imposteur étoit le héros. Elle jetta sur le caractére de ce Cafard des jours si naturels & si forts, que Moliere protesta, que si sa piéce n' avoit point été faite, il ne l'auroit jamais entreprise, après avoir entendu Ninon, tant il se seroit crû incapable de rien mettre sur la scéne, d'aussi fortement caractérisé, que l'Imposteur de son amie. Nos Cagots ont des garderobes de caractéres, sur les quels on ne repandra jamais assez de jour. Si de bonnes gens doutent charitablement de ce Fait: qu'ils doutent. Ceux qui sont en état de composer des Comédies, connoissent leur Siécle, & n'ignorent point que les fausses devotes sont mille fois plus redoutables que les faux devots. Quiconque mettroit donc avec succès une Béate sur la scéne, ne feroit-il point au Public un présent bien précieux? On ne sçauroit inspirer aux jeunes Filles assez d'horreur pour l'infame hypocrisie sur tout dans les Païs, où l'on éléve en des Couvents de jeunes Demoiselles (non pour devenir des Religieuses, mais pour vivre dans le grand Monde en Méres de Famille) on devroit s'évertuer à rendre également ridicule & haïssable cet excès de devotion exterieure, qui conduit insensiblement au Cagotisme.

Par la méme raison, il seroit à souhaitter qu'on eut sur le Théatre une bonne Comédie en cinq Actes intitulée:

## LA FEMME AVARE.

Le Sujet est riche, & merite aussi de tomber en d'excellentes mains. En Europe il n'est point de Climat habité, qui n'offre à l'auteur dramatique les moyens de peindre une Avare, comme *Apelles* peignit sa *Venus*. C'est principalement dans les petites villes, où l'avarice du Beau-Sexe saute le plus aux yeux d'un observateur habile.

habile. Que ne suis-je un mignon de la capricieuse Thalie! La sordide avarice de la vieille *Brégonte;* la crasse Lezine de la jeune *Panale;* les honteuses mésquineries de la blonde *Origine,* de la noire *Murante,* de la rousse *Nirone,* ne me laisseroient pas manquer de couleurs, pour tirer au juste le portrait d'une riche Harpagonne. Remarquons en passant, que les belles femmes sont quelque fois avides: rarement elles sont chiches.

L'interêt de toute l'Europe exige qu'on nous donne au Théatre

## LA JOUEUSE.

Le Joueur de *Regnard* sans contredit est un Bijou superbe, & digne de tous les éloges dûs à un Chef d'œuvre théatral. Si son Auteur a fait diminuer le nombre des joueurs: c'est une question, à la quelle je ne sçaurois répondre. En revenche je puis asseurer, qu'étant petit garçon encore, & voyant représenter le Joueur, je pris en aversion tous ceux qui étoient connus pour être gros joueurs. Depuis long tems l'Europe entiére est une vaste Academie de jeux de Cartes. Parcourrez le Royaume, que *Strabon* compare, pour la figure, à un cuir de bœuf, vous aurez de la peine à trouver de quoi vous nourrir, dans les auberges, dans les hotelleries. Entrez dans le plus miserable cabaret de village: vous y trouverez des piles de cartes à votre service. Les Turcs disent, & non à tort, que les Chrêtiens seroient fort à plaindre, si leur Legislateur avoit deffendu le jeu. Disons que les Turcs joueroient autant que nous, s'ils vivoient avec leurs femmes, comme nous vivons avec les notres. Disons que si nos cheres Chrétiennes n'étoient point grandes joueuses, les Chrétiens ne seroient pas si grands joueurs. Il est triste d'avouer, qu'un jeune homme ne sçauroit se produire,

 dans

dans ce qu'on appelle le beau Monde, s'il ne s'expose de bonne grace à l'honneur de perdre son argent aux cartes. Refuser à une Femelle de jouer avec elle ou contre elle: c'est presque l'insulter; c'est aumoins l'offenser vivement, à moins qu'on n'aye l'excuse la plus valable. Ignorez-vous les jeux de commerce? on vous prend pour un rustaud indigne de hanter bonne compagnie. Pour comble de malheurs, certains jeux de commerce sont plus ruineux que les jeux de hazard. Sans honte on peut encore se refuser à ces derniers, ou, en les jouant, borner ses pertes. Dans les premiers, on ne sçauroit se borner au juste. On depend du *bon plaisir* des Joueuses. Communement elles sont infatigables. Jouez vous de malheur, étes vous dans le guignon? On recommence la partie, sous le noble prétexte de vous donner revenche Avez-vous eu le vent en poupe? La Dame demande sa revenche, & vous n'oseriez la lui refuser, sans manquer à la Politesse établie.

A la cour d'un grand Monarque, l'Ambassadeur d'une Puissance voisine représentoit tout au mieux. Il faisoit une belle depense, avec tant de goût & de discernement, que les Rafineurs les plus critiques convenoient que sa Maison, en tous les points, étoit absolument la maison la plus delicieuse. Comme il avoit d'excellents cuisiniers & un bon Maitre d'Hôtel, il faisoit grande chére, & on restoit à sa table, ordinairement jusqu'à l'heure d'aller aux Spectacles, ou de se montrer à la Cour. On retournoit, vers les dix heures du soir, chez Mr. l'Ambassadeur, pour y souper entiérenent *à la françoise*, c'est tout dire, selon moi.

L'Ambassadeur étoit garçon, idolâtre du Beau-Sexe. Il se maria; & par pure inclination il épousa une Veuve, douée de vingt belles qualités, mais joueuse au delà de toute croyance. Elle étoit liberale & genereuse, nullement avide du bien d'autrui. Cependant

dant elle comptoit pour perdu le moment qu'elle ne jouoit point, & qu'elle ne faisoit point jouer chez elle. Qu'en arriva-t-il? L'Ambassadrice reforma sur le champ la maison de son Excellence l'Ambassadeur. Au lieu qu'on n'y dinoit, avant son mariage, qu'après les deux heures bien sonnées, on y dinoit précisement à une heure. On ne restoit à table que pendant cinq quarts d'heure. On n'accordoit point aux conviés le tems de se rassassier, & de goûter les vins étalés sur le Bûffet. Il falloit se lever, pour prendre dans un Salon voisin le Caffé & pour se mettre tout de suite aux Tables de jeu. Il falloit y jouer pendant trois heures consécutives; après quoi on obtenoit la permission de se retirer, à condition de revenir, pour souper d'abord après les neuf heures. On soupoit, c'est à dire on se rangeoit au tour d'une table ronde, sur la quelle on comptoit, on admiroit les mets les plus delicats & les mieux apprettés. On goûtoit *un poco de l'uno, un poco de l'altro*, en bûvant quatre petits coups de vin egalement à la hâte. Mais avant que le Dieu de la Joye pût descendre du Ciel, & se repandre sur les Convives, ils étoient obligés de s'arracher au Temple de Comus. Il falloit suivre l'Ambassadrice aux Gouffres, que le Démon du jeu rouvroit très-ponctuellement à dix heures précises pour y passer vilainement des nuits, destinées à d'autres plaisirs & récreations nocturnes.

Les mechantes Reformes communement sont contagieuses. Les autres Joueuses, à la Cour dont je parle, ne manquerent point de se mouler fidelement, ou plustôt servilement, sur Madame l'Ambassadrice. On fit si bien en peu de tems, que dans toutes les grandes maisons les soupés furent totalement abolis, comme autant d'anciens abus nocturnes. Sans une croute de pain, sans une goûte de vin, on jouoit aussi long tems que le Sommeil permettoit de jouer. Pardon, Ami Lecteur! d'un Recit si long & si ennuyeux. Je pense qu'il pour-

 roit

roit engager quelque Ami du Genre humain à faire en faveur du Beau-Sexe, ce que *Regnard* a fait en faveur du notre. Il s'agiroit, il me semble, de prouver à nos Belles, que si les joueurs de Profession sont bien indignes d'elles: Les Femelles, possedées de la fureur du jeu, sont mille fois plus indignes de nous, à cause des consequences, V. IX. Max. des Maximes du Mariage, dans l'Ecole des Femmes. Act. III. Sc. II.

Je voudrois voir encore au Théatre françois

## LA SUPERSTITIEUSE.

Je conviens que la Superstition n'est pas le deffaut dominant de notre Siécle. Les Progrès, qu'on fait journellement dans la bonne Physique, nous désillent les yeux de l'esprit, & nous tranquilisent sur des Phénoménes, qui firent trembler nos bons Ancêtres. Au fond de la Hongrie, les plus petits genies commencent à croire, qu'on a fait trop d'honneur & trop d'outrage à tous ces Cadavres, declarés *Vampires* par des juges intégres, & punis comme des Criminels convaincus de leurs Crimes. On ne conçoit point, comment le savant Pére *Calmet*,* dans le cœur de la Lorraine, a pû concevoir une idée de Cadavres, dans les cercueils enfermés, & néantmoins en état de commettre des crimes!

Il est vrai ainsi, que même dans les Climats les plus éclairés, on voit des Hommes savants, qui raisonnables d'ailleurs, se dementent honteusement sur l'article. Ne citons que le celebre *Tycho-Brahé*. Quand ce grand Astronome, en sortant de sa maison, rencontroit un Levraut, il s'en retournoit sur ses pas, pour éviter quelque disgrace, dont il se croyoit menacé. Il est facheux qu'on ne sçache point, si Brahé avoit rencontré

* v. le T. I. des Babioles p. 137.

contré quelque vieille Hase, avant que dans un duel nocturne un Gentilhomme Danois lui coupa le nez. Après une perte si visible, & si palpable, il est presque permis d'avoir une foiblesse superstitieuse. Quel est l'Etre, qui, sans mentir, peut asseurer d'avoir toujours été exemt de sottises pareilles? Un Philosophe de mes amis, entrant en sa 63ieme année, me dit en confidence, qu'il étoit persuadé de mourir infalliblement en cette année climactérique. J'eu beau lui reprocher cette chimére ancienne, en l'asseurant, que toutes les années sont climactériques. Mon Philosophe chercha *Bodin*, qui dans le livre IV. de la Republ. ch. 2. prouve le grand danger de la 63ieme, & cite une bonne douzaine de gens de Lettres, morts à cet age. * Je pris dès le lendemain le parti d'examiner les faits; & j'eu le plaisir de convaincre Bodin d'un bon nombre de faussetés. Selon cet Auteur superstitieux *Chrysippe*, *Ciceron*, *Bocace*, *Erasme*, *Melanchthon*, *Linacer*, *Sturmius &c.* étoient morts à l'âge de 63. ans. Autant d'erreurs volontaires ou involontaires. Chrysippe mourût vers 207. an. avant J. C. à plus de 80. ans. Ciceron né 116. ans avant J. C. fut tué 43. ans av. J. C. par consequent âgé de 73. ans. Bocace né en 1313. mourût en 1375 à 62. Erasme né en 1467. mourût en 1536. à l'âge de 59. ans. Melanchthon, né en 1497. mourût en 1557. en sa 64ieme année. Linacer ou Linacre, Medecin anglois, né en 1460. mourût en 1524. en sa 64ieme, & Sturm Medecin allemand, né en 1507 & mort en 1589. mourût en sa 82ieme année. Je fis voir que Bodin, de ses préventions, passa très-bien son année climactérique, & creva de la Peste en 1576. agé de 67. ans, par sa faute. Bien loin de prendre la moindre pre-

* Saumaise a composé un Traité en Latin, pour prouver que les années climact: ne different en rien des autres, & ne meritent point une attention plus particuliere. Je n'ai jamais lû ce Traité.

précaution pour se garantir, il brava la peste, sur la ridicule persuasion, qu'on ne peut être attaqué de ce mal, après l'âge de 60. ans.

Le Bon Sens ne triomphe pas toujours des Préventions invéterées. Voyant que mon Homme, malgré ma belle dissertation, persistoit dans sa persuasion funeste, je me servis du *Ridiculum acri* d'Horace. Sur le ton le plus comique, qui me fut possible de prendre, je fis l'Eloge des *Années climactériques*. Je fis voir qu'elles tiroient leur nom du mot grec: Κλίμαξ, c'est à dire *Echelle*. J'en inferai, que tous ceux qui montoient une Echelle, & se mourroient après, en tombant de cette echelle, mourroient par consequent en des années climactériques. En suite de quoi je conjurois mon Disciple de Bodin de ne point passer sa 63 ieme année, parce qu'elle est le produit de neuf par sept, & le nombre de sept consacré à Apollon, le Dieu de la Poësie, de la Musique & de la Medecine, & que le nombre de neuf étoit le nombre des Muses. Finalement j'eu le soin de prouver, combien il est glorieux d'expirer dans la 63 ieme année, puisque *Aristote*, *Mahomet* & *Luther* étoient morts, chacun en son année climactérique, c'est à dire en sa 63 ieme.

Soit dit sans vanité, mon badinage guerit le Philosophe entété de sa lugubre chimére. Ne suis-je donc pas fondé à espérer, qu'une Comédie, écrite dans le vrai goût & avec finesse, gueriroit, à plus forte raison, nos Femmelettes de cent & cent préventions superstitieuses, dont elles sont encore risiblement imbues? Quand on considere quelles Créatures nous donnent la premiere education, celle qui certainement importe le plus au Genre humain, on ne peut que desirer, qu'il plaise à la saine Raison de rendre toutes ces Créatures parfaitement raisonnables. S'il est vrai, comme tout le Monde en convient, que les Préjugés, *succés avec le lait*, très

très-difficilement se deracinent: peut-on prendre trop à cœur l'education du Beau-Sexe? Je veux un Bien infini aux Manes d'un Ecrivain moderne,* qui, brave Historien & excellent Moraliste, a fourni les armes les plus propres à combattre les Miséres connues sous les noms d'Astrologie, de Présages & de Prédictions. Mais les Femelles ne lisent guére son Ouvrage, au dessus de mes éloges. Pour corriger nos Femelles, il faut les traduire en ridicule sur les Théatres publics.

Toujours je puis protester d'avoir le chagrin de connoitre des Créatures humaines, qui cherissent ou redoutent la rencontre de certains animaux. Qui abhorrent le nombre de treize personnes à une seule table, & le renversement d'une Salière. Qui palissent à l'aspect de deux Couteaux mis en croix. Qui tremblent au cri d'un Hibou. Qui voyent distinctement des Spectres & des Revenants. Qui croyent les Songes envoyés de Dieu, & prennent toutes les Prédictions des Almanacs pour autant de Decrets d'un Oracle infaillible. Sans cette confiance extravagante, les Faiseurs d'Almanacs continueroient-ils à faire les petits Prophêtes? C'est la Credulité du Public, qui les encourage à debiter leurs Pronostics déshonorants pour les Villes, où l'on les imprime. On peut presque juger des Habitants d'une Ville, par son Almanac privilegié.

Ce qu'il y a de plus triste, c'est que le Hazard se plait à favoriser la superstition, l'Auteur du Traité de l'Opinion n'a pas manqué de remarquer la chose. Des Ecrivains Anglois, avant lui, ont eu le même soin en des Feuilles periodiques; tant il est vrai, que par tout on s'apperçoit de la necessité de rendre les Astrologues mépri-



* Le Gendre, Marquis de Saint Aubin-Sur-Loire. son Traité de l'Opinion T. IX. Edit. quatr. à Paris 1758. la Table des Mat. indique les Endroits dont je parle.

méprisables. Ils ne sont pas encore aussi decriés qu'ils devroient l'être. On a beau dire avec *Hobbes*, que l'Astrologie judiciaire est *un Stratagème pour se garantir de la faim, aux depens des Sots;* on voit des gens d'esprit, de l'un & l'autre Sexe, honorer de leur confiance l'Astrologue, qui par hazard n'est point éternellement menteur. Ne doutons point que *Maitre* MATHIEU LAENSBERGH, *Mathematicien à Liége*, n'aye bon nombre d'admirateurs & d'admiratrices, dans tous les païs, où l'on connoit son nom & ses Ouvrages de poche. Voici sur quoi cette admiration sera fondée.

Vers la fin de l'année 1761. le Public vit paroitre: *Almanach pour cette année* M.DCC.LXII. *supputé par Mtre Mathieu Laensbergh Mathematicien. A Liége, chez la Veuve G. Barnabe imprimeur de* S. S. E. *Rue Neuvice à la Treille d'or.* AVEC PRIVILEGE. On convient que cet *Almanach* n'a rien d'admirable ou d'extraordinaire. Mais il est suivi d'une Prédiction generale sur les variations du temps, avec *quelques Evenements pour l'Année* 1762. Le Maitre Mathématicien y pourvût chaque mois de l'année d'un Pronostic particulier & très-étendu, contre la maxime des autres Astrologues. Voici un Extrait de la Prédiction pour le mois de Juin:

„*Une mort ruinera de beaux projets, & causera bien du bouleversement* & de grandes intrigues — „*l'adresse d'une Dame*, dans une *Negociation de consequence*, applanira des difficultés qui paroissoient insurmontables — *Trône vacant.* Couriers en campagne. Gens aux aguets. Souvent les pleurs des uns „rejouissent les autres. *Eclat merveilleux.*„

Extrait

## Extrait de la Prédiction pour le mois de JUILLET.

Affaire de grande discussion, qui ne se terminera „que par autorité suprême. *Insolent orgueilleux „renversé du plus haut faîte des honneurs — Nou-„veau Maitre.* Reussite d'autant plus agréable qu'in-„attendue. Occasion favorable.„

Vendre au Public des Sottises pareilles; n'est-ce pas insulter le Public? Peut-on concevoir l'effronterie & l'impudence de Mtr. Math. Laensbergh, le Mathématicien? Auroit-il fait imprimer, sous son nom, tant d'impertinences, s'il ne sçavoit par experience, que le Monde est toujours plein de Curieux credules? * Il a plû cependant à la providence de favoriser le Dévin de Liége. Les Revolutions arrivées en Russie, précisement sur la fin du Juin & au commencement du Juillet 1762. ** ne sçauroit que donner du reliéf au Pronostiqueur, sans doute étonné lui même du succès de sa prédiction. Les Partisans de l'Astrologie s'en prévaudront sans faute; & je m'attends bien d'apprendre, que de bonnes Liegeoises vont en foule consulter l'habile Scrutateur des Planétes. ***

Favoris de Thalie! volez donc au secours du Beau-Sexe. Rendez les Fausses Devotes horribles! les Avares méprisables; les Joueuses rebutantes, & les Superstitieuses souverainement ridicules.

AMEN!

* Preuve de cela, on trouve en son *Almanach*, une liste de jours heureux, depuis le Janvier jusqu'au Decembre.
** En Russie on date encore selon le vieux Style.
*** On écrit ceci en 1762.

SUITE.

# SUITE
## DE
# PIECES FUGITIVES.

Après tant de Fariboles ſerieuſes, & par la même peutêtre aſſez ennuyantes, préſentons au Lecteur des morceaux poëtiques. J' avertis toujours, que ce ne ſont pas des Chefs d'œuvre. Ils commencent à devenir rares. Le Public ſera bientôt reduit à ſe contenter de Piéces ſimplement jolies, ou à ſe paſſer de Poëſies nouvelles. Veuille le Ciel que je me trompe lourdement, & qu'à ma confuſion, les Poëtes produiſent à l'envi des Poëmes ſi ſuperbes, que toute l'Europe en ſoit enchantée!

En attendant, voici, avec de petites Remarques critiques & hiſtoriques, un

## COMMENTAIRE POETIQUE,
### SUR
## UNE PENSE'E FAMEUSE
### DU
## CELEBRE MILTON.

*In my choice,*
*To reign is worth ambition, tho' in hell:*
*Better to reign in hell, than ſerve in heav'n.*
*Parad. loſt.* 1. B. 261.

Il vaut mieux régner aux Enfers,
Que d'être dans le Ciel esclave,*
Selon le grand Milton, ce Poëte si grave,
Fier Ennemi des Rois, en prose ainsi qu'en vers.
Rendons d'abord justice à la fine Pensée,
Dans la bouche d'un Diable, ô quelle est bien placée!
Le Demosthéne Anglois sans trop être Anglican,
En Deffenseur du Peuple, abhorroit tout Tyran.

Qu'en Satan, Satan se console!
L'Orgueil, ce Fanfaron, n'en doit pas moins sentir
La Verité, qui le désole;
La Verité le fait mentir.

L'Hi-

* En 1750. un Ecossois, nommé *Guill. Lauder*, eut l'effronterie du publier: *An Essay on Milton's Use and Imitation of the Moderns, in his Paradise lost.* En ce Pamphlet, Lauder declara Milton le plus insigne Plagiaire, & son Paradis perdu farci de pensées vilement pillées, & copiées, d'apres de Poëtes & d'Ecrivains modernes. Entre autres le Calomniateur soutint, que la Pensée, dont il s'agit ici, se trouvoit, mot à mot, dans l'*Adamus Exul* de *H. Grotius*, Tragédie rare à trouver, quoiqu' imprimée en Hollande. Lauder eut l'impudence de supposer un passage pareil, & de le citer, comme des vers de Grotius:

*Me judice,*
*Regnare dignum est ambitu, & si in Tartaro:*
*Alto præesse Tartaro, si quidem juvat,*
*Cœlis quam in ipsis servi obire munia!*
*Adam Exul.*

Un Savant nommé *Douglas* decouvrit toutes ces Fourberies. Le Fourbe avoua son crime, & en demanda pardon au Pub ic.

L'Histoire est l'austére Matrône,
Qui prouve au Sage & prouve au Sot,
Qu'un Roi peut gémir sur son Trône,
Le Juste rire en son Cachot.

Fier Philosophe, je déclare,
De par notre immortel Milton,
Que qui voudra régner serve dans le Tartare!
Les Fous sont pour César, les Sages pour Caton.

Tachons plustôt d'éteindre en l'Homme,
La Fureur de regner, fureur innée en nous,
Quand le plus déplorable Atôme
Présente à son semblable ou des fers ou des jougs.

A la mammelle de sa Mére,
L'Enfant du Mendiant prétend d'être obéi.
Au moindre des réfus: Ah! c'est un Tigre aigri,
Il égratigne, il mord, pleure & se désespére;
Il sçait si bien se tourmenter,
Qu'il le faut endormir, si non, le contenter.
En son berceau, ce Quadrupéde
Se montre un Etre impérieux,
Méprise tout ce qu'il posséde,
Prend tout ce qui plait à ses yeux.
Le germe de la Tyrannie
Se manifeste en son génie,

De

De ſa nature il eſt Tyran.
Si la Fortune un jour l'enyvre,
Le Monde en lui verra révivre
Un Sixte quint, un Kouly-Kan.

Il vaut mieux ſe fonder un Trône en Italie,
Que de courrir l'Europe, en maigre Galopin,
Dit un Baron tudésque, * & dit une folie,
Et ſe voit Roi de Corſe, élu Roi Souvérain.

Son Sort ne ſéduira perſonne,
Et peu de Fous ſont aſſez fous,
Pour ſe chercher une Couronne; **
L'Amour de dominer pourtant domine en nous.

Ce Vieillard decrépit, mon Serf ſi mépriſable,
Que peut être demain je fais vendre à l'encan,
En ſa chaumiére eſt Roi Déſpote inſupportable,
Qui, tremblant à mon nom, chez luit fait le Tyran;
Il fait trembler ſa femme, & ſon fils & ſa fille,
Le Buffle en Souvérain, regente ſa famille.

Exami-

* *Théodore* Baron de *Neuhoff*, mort à Londres en 1756. Lorsqu' en Corſe le Baron fut proclamé *Theodorus* I. des Prêtres ne manquerent point d'apprendre au Peuple, que ce nom venoit du Grec Θέος δώρων préſent ou Don de Dieu.

** En ce Siécle, il ne faut jurer de rien, Le Duc d'*Aveiro* attenta 1758. à la vie du Roi de Portugal, pour ſe ſaiſir de la Couronne. Avec la plus part de ſes Complices, ce Regicide à Lisbonne fut rompû tout vif, le 13. de Janv. 1759.

Examinons nos gros Bourgeois:
Sans être un Cynéas, on les prend pour des Rois.
On s'apperçoit que l'Opulence
Pour sa Suivante a l'Arrogance;
En son Palais royal, Jourdain, encor Marchand,
N'est-il point, en petit, Aléxandre le Grand?

Ce Mignon de Mercure, en depit des Tempêtes,
Dans l'un & l'autre Monde entasse des Conquêtes.
Je t'approuve, Jourdain! mais ne sois, chez toi,
Honteux d'être Marchand, rougis de vivre en Roi;
Par bonté Depensier, par Sagesse Econome,
Modeste Citoyen, Jourdain! sois Gentil-homme.

Qu'ai-je dit, juste Ciel! sous son Toit vermoulu,
Le Gentillâtre régne en Monarque absolu.
Quand ses seize Quartiers font toute sa Noblesse,
Plus l'Insecte est brillant, plus on hait son espéce;
Le Noble disparoit, le lâche Fainéant
Se montre tel qu'il est: Ecorcheur du Manant:
C'est un Caligula, c'est un Monstre qui régne, *
Content d'être abhorré, pourvû qu'on paye & craigne.

Glissons

* Qui rafine sur Caligula. *Oderint, dum metuant*, disoit Caligula. Aujourd'huy on ne se contente point de la simple crainte: *Oderint, dum solvant & metuant.*

Gliſſons nous dans l'Egliſe, admirons ſes Héros,
Tous humbles par état, & par état devots,
Leurs Tréſors, Dons ſacrés, ſont de ſaintes Aumones,
Et l'Egliſe a ſon Sceptre & l'Egliſe a ſes Trônes,
Et l'Europe qui croit, l'Evangile à la main,
N'avoir qu'un Pape à Rome; en a mille en ſon ſein.
Combien de Préſtolêts, Pontifes infallibles,
Ne régneroient ſur nous, en vertu de leurs Bibles,
Si le Bras ſéculier,* jaloux de ſon Pouvoir,
Ne bornoit ſagement l'Orgueil de l'Encenſoir?

Partons enfin les yeux ſur l'Etat militaire,
Plein de Guerriers inſtruits du ſort de Béliſaire.
L'Eſpoir de commander cent mille Combattants,
S'étend juſqu'au dernier de nos Sous-Lieutenants.
L'Eſpoir, ce Fourbe adroit, même au Soldat propoſe
L'Exemple ſeduiſant de Fabert & de Roſe. **
Le Ruſtre, armé Soldat pour vaincre ou pour mourir,
Doit, ſous cent Tyraneaux, ramper & tout ſouffrir.

Il

* Le Fait eſt ſi vrai, qu'en Eſpagne même on vient de borner, quoique foiblement, le Pouvoir atroce de l'Inquiſition.

** Deux fameux Marechaux de France, qui portérent le Mouſquet même aſſez long tems, avant que d'être faits Officiers, dit-on.

Il souffre un Souvérain, jusqu'en son Anspéçade,
Un Déspotisme affreux sur lui tombe en cascade;
Dans les Quartiers d'hyver, ô que l'Esclave armé
Sçait régner sur son Hôte, en Sultan affamé!

Hélas! s'il faut que l'Homme régne,
Qu'il régne sur son propre Cœur!*
Mais c'est l'Empire qu'il dédaigne,
Et qui lui fait le plus d'honneur.
Régnez, Grands Rois! le Ciel l'ordonne,
En vous chargeant d'une Couronne;
La bien porter, c'est bien servir.
Vos Peuples ont votre Espérance;
Esclaves de la Providence,
Servons tous bien, pour bien mourir.

Sans contredit les Poëtes sont en droit, & en possession encore, de se travestir en Vieillards, & de se rajeunir, si bon leur semble. Malheureusement ce n'est que sur le papier, qu'ils jouissent de ce beau & double privilége; sans quoi les deux Mondes seroient remplis de Poëtes. A certaines conditions, & en certaines occasions on voit, non sans plaisir, que des Vieillards se transforment en jeunes Gens. Les jeunes Gens, dans les mêmes cas, nous plaisent infiniment, lors qu'ils prennent, mais finement, le ton des Gens sensés, revénus de la bagatelle. Par la même raison, nous aimons les Poëtes, qui, gens entre les deux âges, comme on dit communément, se déclarent vieillards, *sans l'être*, & sans trop

* Celui, qui est Maitre de son cœur, vaut mieux que celui qui prend des Villes. Prov. XVI, 32.

trop affecter de l'être. Si sur ce dernier article, je ne me trompe point; on ne sera pas faché de lire des Vers d'un homme de bien, qui s'excusoit d'assister à de grandes Fêtes.

# EXCUSES
## A
## *S. A. S. Madame la Duchesse de . . . . . .*

Princesse! non, de ma Retraite,
Vous ne devez point m'arracher.
Le Ciel accorde à mon squelette
Le droit si doux de se cacher.

* * *

Trop vieux déjà pour plaire encore,
Non assez vieux pour n'aimer plus,
Je fuis le Sexe que j'adore,
Pour quoi? j'abhorre ses réfus.

* * *

C'est mon Orgueil, qui me condamne
A craindre l'ombre de l'Amour,
Chaque Iris devenant Susanne,
Pour les Amants sur le retour.

* * *

On méprise un sage Esculape,
Comme un Radotteur ennuyeux.
A peine on laisse encore au Pape,
Le Privilége d'être vieux.

* * *

Au beau milieu de ma Carriére,
En traitre un Démon m'a vaincu.
Je n'ai qu'un Extrait baptistére,
Pour prouver que j'ai peu vécu.

* * *

Permettez donc, ô ma Princesse!
Que loin de vos bruyants Festins,
Je goûte, au sein de la Molesse,
D'un faux bonheur les plaisirs fins.

* * *

Morphée est mon Dieu tutelaire,
Il m'a toujours si bien béni,
Que sans le fol Espoir de plaire,
Souvent je me crois rajeuni.

* * *

Sans l'Authorité de *Plutarque*, croiroit-on jamais, que le brave *Solon*, ce beau, ce grand Génie, ce Philosophe si profond, & Legislateur si sage, sur ses vieux jours ne laissa point de penser en *Anacréon?* Jouissant d'un fort grand loisir, il le temoigna en des Vers assez enjoués, où il dit, *je ne fais plus la cour, qu'à Venus, à Bacchus & aux Muses, qui sont les seules sources de tous les plaisirs des Mortels.* Ici n'examinons point, si ces Vers firent honneur ou non à ce Sage de la Gréce. Exhortons seulement nos sages âgés, de vivre toujours en bons Vieillards, γεροντικῶς, sans

ſans ſuivre, en tous les points, le Legislateur d'Athénes. Notre Siécle n'eſt pas trop favorable aux Vetérans, ſelon les Vers d'un Vieillard moderne, que je vais tranſcrire,

## L'ECOLE DE SOLON.

De tous les Arts divers l'Art le plus neceſſaire,
C'eſt l'Art de vivre heureux.
Donnons le ſécond rang à l'Art heureux de plaire,
Encor très-difficile, & ſouvent dangéreux.
J'ignore l'un & l'autre, & de cette ignorance,
A quatre fois quinze ans, j'ai pleine connoiſſance*,
Et chérche, ſans rougir, une Ecole, où ces Arts
Sont, par quelque grand homme, enſeignés aux Vieillards.

Par un coup de bonheur, ma Memoire fidelle,
Chez le ſage Solon, à l'Ecole m'appelle.
A ſon exemple ſurprennant,
Je veux auſſi vieillir, toujours en apprennant,
Et ne faire la cour, en ma verte vieilleſſe,
Qu'à Vénus qu'à Bacchus, qu'aux Filles du Permeſſe.

Mais voudrois-tu bien recevoir
O moderne Venus! mon Encens flégmatique?
Non; je détourne, en Politique,
En vieux Routier, mon Encenſoir.

 Et

* On dit pourtant: *Nullus ſcit, quanta neſcit.*

Et vous, o Filles de Memoire!
N'imitez-vous pas trop la Mére de l'Amour?
Vous favorisez peu l'Homme sur le retour,
Au bord de l'Hippocréne il s'endort, sans y boire.

Pour braver tant d'horreurs, Ah! je suis trop poltron.
Beau-Sexe... adieu Beau-Sexe! à peine suis-je digne,
De faire encor ma cour au cher Dieu de la Vigne,
Hantez, Crésus! hantez l'Ecole de Solon.

* * *

Les Partisans de l'*Optimisme* devroient avoir compassion de ceux, qui n'ont pas reçu du Ciel le Don de trouver que *Tout* est bien sous le Ciel & en ce Monde, le meilleur des Mondes possibles. Mais ces Philosophes *, qui trouvent tout bien, trouvent extrémement mal, qu'on ne pense point, précisement comme ils ont la bonté de penser. Quelques uns d'eux refusent même le nom de Chrétien, au Chrétien assez méchant, pour voir avec horreur que sa Patrie est un Théatre sanglant de Guerres civiles. Une Dame d'un merite infini, zelée *Leibnitzienne, Wolfienne & Popienne*, cessa d'honorer de son estime un homme de bien, enchanté d'elle & de ses rares qualités. Cet homme de bien, ayant eu le malheur, dans une calamité publique, de badiner aux depens de l'*Optimisme*, perdit entiérement les bonnes graces de la belle Leibnitzienne. Au desespoir

* Un Leibnitien, à l'agonie, reçût la visite d'un Ecclésiastique, qui, pour le consoler, lui parla de la felicité dont il jouiroit en l'autre Monde. Ne me parlez pas de l'autre Monde, *repondit le malade*: Leibnitz a prouvé que ce monde cy est le meilleur des Mondes possibles.

ſpoir de cette perte, il abjura ſon *Peſſimiſme*, devint Leibnitzien, & qui pis eſt, Poëte. Comme ceux qui changent ſubitement de parti, ordinairement paſſent d'une extremité à l'autre, le nouveau Proſélite ſe diſtingua par un zéle ſi outré, qu'il manqua le Prix eſperé de ſa converſion ſubite. Ce zéle outré parut ſuſpect, au point qu'on prit le Converti pour un franc Hypocrite. Qu'on en juge par les Stances ſuivantes:

## L'OPTIMISME.

Ce monde eſt le meilleur des Mondes.
Iris le dit: c'eſt donc un Fait.
Nos Rouſſes, Noires, Brunes, Blondes,
Font voir que ce Monde eſt parfait.

* * *

J'ai crû, juſte Ciel! le contraire,
J'ai crû devoir trouver affreux
Un Monde, Iris! où ſans vous plaire,
De vous je me trouve amoureux.

* * *

Viols! Maſſacres! Brigandages!
Abîmez ma Patrie en feu.
Iris déclare, avec trois Mages,
Que tout eſt bien. Patrie, Adieu.

* * *

Les Mages, Leibnitz, Wolf & Pope,
De l'Optimisme Trïumvirs,
Font voir qu'à tort l'aveugle Europe
Se lasse à fournir des Martirs.

* * *

O Terre! sois donc désolée,
Tout étant juste où tout est bien,
O Terre! sois donc depeuplée,
Quand Iris dit que ce n'est rien.

* * *

Guerres! Volcans! Péste! Famine!
Vous ne me rendrez plus surpris,
Que tout mon Sexe s'extermine,
Tout est bien dans les bras d'Iris.

Présentons ici une Fable allemande d'origine. Elle est de la fabrique de M. *Lessing*, qui, quoique bon Poëte, aime mieux se modeler sur Esope que sur Phédre. C'est pourtant en quoi M. Lessing pourroit bien avoir tort, si je ne me trompe. Quoiqu'il en soit, voici une Fale de sa façon, mise en vers & dans le goût françois, & déjà imprimée;

LE

## LE LION ET LE LIEVRE

Les Grands, que l'Ennui force à hanter des Petits,
Se choisissent souvent d'étranges Favoris.
Malgré sa Majesté terrible,
Un vieux Lion, pour s'amuser,
Se plaisoit beaucoup à jaser
Avec un Lievre, fou sensible
A l'honneur d'amuser un Roi.
Bien d'autres Animaux sont fiers de cet emploi.
Est-il vrai, dit un jour la bête favorite,
Que vous autres Lions vous prennez tous la fuite,
Au chant du pauvre Coq? Rien n'est de plus constant,
Répondit le Monarque, apprends que l'Eléphant
S'effraye au cri du Porc, souffre & s'en fuit de même.
Veux-tu sçavoir pourquoi? L'Animal le plus grand,
L'Animal le plus fort, le plus noble, a pourtant,
En son interieur, quelque foiblesse extrême.
Tout de bon? s'écria le Levraut raisonneur,
A présent je conçois, pourquoi, par quelle suite,
Nous autres Lievres nous, nous avons tant de peur
De ces diables de Chiens, qu'ils nous mettent en fuite.

A cette Fable, bonne Satyre contre les Lions qui jasent avec des Levrauts, & contre les Levrauts qui amusent des Lions, ajoutons, pour diversifier, un morceau dans un goût assez bizarre:

## LE SECRET DEVINE'.

Cléon n'est jamais seul: pour compagne fidelle,
Il a, depuis dix ans, la goutte ou la gravelle.
Sans appetit, sans soif, sans livres, sans amis,
Ce Squelette ambulant, pitoyable Machine,
Sans doute de son Corps doit trainer les débris,
A l'honneur de la Medecine..
Cléon, sortant du lit, craind l'ennui du matin,
Il craind, en se couchant, la nuit & l'insomnie,
Et toute fois il sçait, sans humeur, sans chagrin,
Supporter la torture, & trembler pour sa vie.
Quel étrange Mortel! jamais las de souffrir,
En mourant chaque jour, il a peur de mourir,
Il ne peut renoncer à sa longue misére.
Quel Ange le soutient? Juste Ciel! j'entrevoi
Je penétre un Mistére effroyable pour moi,
Cléon adore Elmire, & le traitre a sçû plaire!

Des Piéces, faites pour certaines Societés, pour certaines Cotteries, perdent leur merite aux yeux du Public. On a tort ainsi de faire imprimer des piéces de cette nature, à moins qu'elles ne conservent toujours quelque grain d'un merite independant. Je m'imagine, que les Vers qu'on vient de voir, quoique faits pour une certaine Cotterie, ne laisseront pas d'être goutés par ceux qui connoissent la sottise des Amants jaloux, comme on dit, de leurs Ombres. Dans cette supposition, voici un autre morceau du même genre, ç'est à dire fait pour une Societé, pour une Cotterie.

LA

## LA FORCE DE LA POESIE.

Prosterné, l'autre jour, aux piés de ma Silvie,
J'arrosai de mes pleurs ses adorables mains.
Ah! couronnez, lui dis-je, idole des Humains!
Couronnez mon amour, ou c'est fait de ma vie.
Pourquoi detourner vos beaux yeux?
Régardez moi, je suis, non un Amant vulgaire,
Non un fade Blondin, indigne de vous plaire,
Mais un Philosophe amoureux.
Je suis du sage Locke un Sectateur fidelle,
Je mesure les Cieux du Compas de Newton.
Je sçai presque par cœur l'Histoire universelle:
J'entends le Droit civil, j'entends le Droit Canon.
Je suis Litterateur . . . . Bagatelles. Silvie
Méprisa mon sçavoir & ma Philosophie.
Je lui dis donc: sçachez, Belle! que de sur plus
Je suis Poëte, & propre à chanter vos Vertus.
A cet Assaut dernier, la Reine de mon ame
Fixa sur moi les yeux, & me dit tendrement:
Lorsque j'épouserai Pasquille, mon Amant,
Vous serez notre Epithalame.

Quelquefois il vaut bien mieux d'être l'Epithalamiste, que l'Epouseur d'une Belle. Finissons par l'Eloge d'un Monarque, depuis bien de Siécles pourri, mais dont la memoire sera toujours chére aux gens qui pensent bien.

MALI-

# MALICORNE,
## ROI
## D'ECOSSE.

*Accipe, Posteritas! quod per tua sæcula narres.*

Peut-on trop encenser le brave Gentillâtre,
Qui, de ses Droits sacrés noblement idolâtre,
Se fait un point d'honneur de les soutenir tous,
Mêmes contre des Dieux, s'ils s'en montrent jaloux?

A ce Propos si fier, je répondrois sans peine,
Non sur les bords du Po, du Tybre ou de la Seine,
Mais sur les tiens, Vistule! où chaque Palatin
Sçait encor son devoir, & deux mots en Latin. *

Triste Habitant d'une Cabane,
Entre deux Fleuves peu connus,
Qui reçûrent leurs noms de la prude Diane,
Non de Pallas, non de Venus,
Je me lave les mains, noblement je me borne
A chanter le Roi Malicorne,
Ce Monarque Ecossois, Potentat genéreux,
Peut-être inimitable, à coup seur bienheureux.

Sur

* *Liberum veto.*

Sur le Trône d'Ecosse, à la fleur du bel Age,
Malicorne monté, quoique Prince assez sage,
Séduit par quelque Belle, ou par des Flagorneurs,
Soudain voulut régner en Déspote arbitraire,
Sur quelle Nation? ô Ciel! sur la plus fiére.
Un Noble du Royaume, un des plus gros Seigneurs
Vint présenter une Patente,
Où, contre sa royale attente,
Le Roi lût à son grand regret,
Les Priviléges d'un Sujet,
Qu'il devoit confirmer encore!
Que disoit le Sire? on l'ignore;
Mais on sçait que SA MAJESTE'
Déchira le Papier, en jeune homme irrité.

Le Seigneur Ecossois, & si digne de l'être,
Se tût envers le Roi, son Maitre,
Subit le mauvais traitement,
Et s'en plaignit au Parlement.
Qu'arriva-t-il? Ce Corps auguste,
Modeste doux & non moins juste,
Condamna son cher Souverain,
A se remettre au Trône, & là l'Eguille en main,
En face du Public, recoudre en Prince aimable,
Du Seigneur Ecossois la Chartre réspectable.

Docile

Docile au Parlement, Malicorne d'abord
Se remit sur le Trône, & reconnut son tort.
Eguille & fil en main, recousant la Patente,
Il charma tous les Pairs, rendit la Cour contente;
Et se fit adorer, par son Peuple étonné,
De voir coudre un Monarque, à coudre condamné!

# TABLE
## DES
# BABIOLES.



FAUTES

# FAUTES A CORRIGER
## DANS
## *LE TROISIEME TOME.*

Page 12. ligne 11. après *devroit*, mettez: *avoir.*

P. 58. l. penult. au lieu *de* mettez *le.*

P. 80. l. 2. au lieu, d'*à* mettez *de.*

P. 81. l. 28. au lieu d'*innée*, mettez *inné.*

P. 93. dans les notes changez les *Etoiles.*

p. 104. l. 15. Du mot *jours* effacez la derniere lettre.

www.ingramcontent.com/pod-product-compliance
Ingram Content Group UK Ltd.
Pitfield, Milton Keynes, MK11 3LW, UK
UKHW031910260826
14628UKWH00003B/1109

9 782329 430164